あなたのとなりにある
不《ふ》思《し》議《ぎ》

びくびく編《へん》

日本児童文学者協会・編

anata-no-tonari-ni-aru-FUSHIGI

ポプラ社

あなたのとなりにある不《ふ》思《し》議《ぎ》

びくびく編《へん》

もくじ

ぼくのドッペルゲンガー 乗《のり》松《まつ》葉《よう》子《こ》……7

音楽室のカスタネット 二宮《にのみや》由《ゆ》紀《き》子《こ》……25

からくり時計の広場 濱《はま》野《の》京《きょう》子《こ》……47

うしろの正面《しょうめん》、コンタマン 岡《おか》田《だ》貴《き》久《く》子《こ》……63

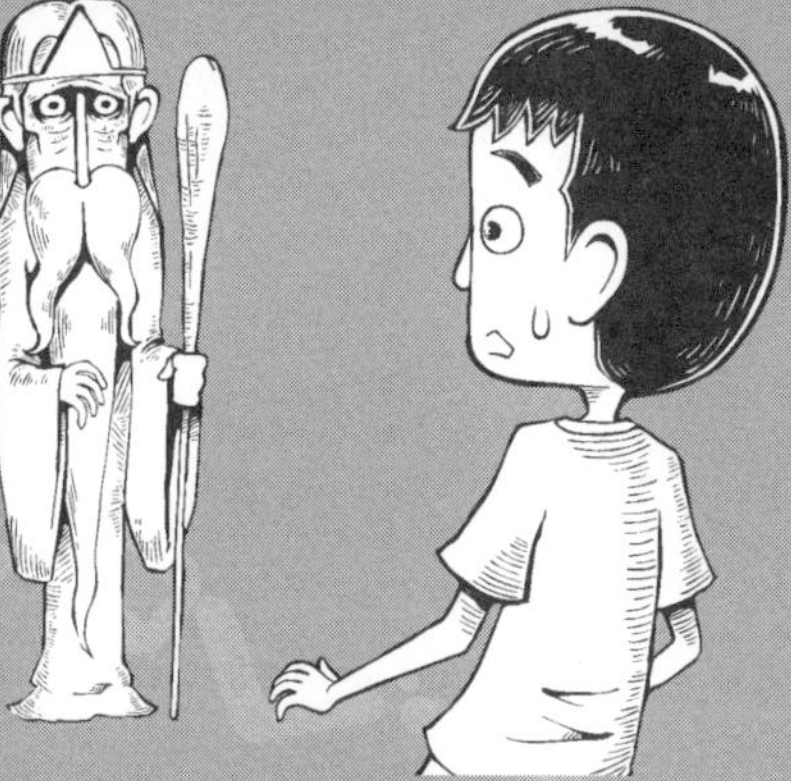

清《せい》造《ぞう》くん記《き》念《ねん》日《び》　吉《よし》野《の》万《ま》理《り》子《こ》…… 85

ぼくと死《しに》神《がみ》　加《か》藤《とう》純《じゅん》子《こ》…… 101

同じクラスのあいつ　令《れい》丈《じょう》ヒロ子《こ》…… 117

おたまじゃくし食べた　押《お》尾《お》きょうこ …… 135

魔《ま》界《かい》階《かい》段《だん》　小《お》川《がわ》英《ひで》子《こ》…… 151

だから手をつないで　山《やま》本《もと》悦《えつ》子《こ》…… 169

装画　アカツキウォーカー

あるとき、こんなことを思ったことはありませんか?

「このまえ、おこったことは夢《ゆめ》だったのかな?」

「アレを見たのはわたしだけだったのかな?」

「あの声は、いったいだれだったんだろう?」

もしかすると、それは思いちがいじゃないかもしれません。

そうです。いまある世界《せかい》は、ほんものじゃない……。
そんな、こわくて、きみょうで、おもしろい
「びくびく」する10編《ぺん》のメニューをご用意《ようい》いたしました。
どれから読むかは、あなたにまかせます。
どうぞお好《す》きにお召《め》しあがりください。

ようこそ、不思議《ふしぎ》の世界に。

ぼくのドッペルゲンガー

乗《のり》松《まつ》葉《よう》子《こ》

教室に入るとすぐに、ゴンがぼくのところにとんできた。

「海斗《かいと》！　きのう、学友堂《がくゆうどう》にいただろ。学校サボって、こそこそブタまん食べてたろっ」

「へっ？」

おどろいて、ぼくの声がひっくりかえる。

学友堂は、公園の裏《うら》にある小さな駄菓子屋《だがしや》だ。公園で遊《あそ》んだあと、学友堂でブタまんを食べるっていうのが、ぼくたちの日課《にっか》だった。

「学友堂なんていかないよ。家でねてたもん」

うそじゃない。おとといの夜、熱《ねつ》がでた。四年生になるまでかいきん賞《しょう》だったのに、きのうはついに学校を休んでしまった。

夕方にはすっかり熱もさがったし、妹のカナとゲームをしていた。

でも、一年生が相手《あいて》じゃつまらない。「いまごろ、みんな、ブタまん食べてるかなあ」って、ふと思ったりした。

「じゃ、あれはだれだったんだ？　ドラポンのシャツを着《き》てたんだぜ。ほら、海斗《かいと》がもってる、ド派手《はで》なオレンジのシャツ」

「えっ、うそっ」

ドラポンっていうのは、ぼくがいま、一番はまっているゲーム。オレンジ色のドラポンシャツは、何度《なんど》もキャンペーンに応募《おうぼ》して、奇跡《きせき》的《てき》に手に入れたレアもんだ。なのに、近所《きんじょ》に着ている人がいるなんて、がっかりだ。

そいつは、「かいと！」ってゴンがよんだら、すっとむこうへにげてしまったらしい。

チャイムが鳴って、席《せき》についたとたん、

「それ、ドッペルゲンガーじゃない？」

と、となりの席《せき》のハカセがつぶやいた。

「ド、ドッペル？　なにそれ？」

先生よりもいろんなことを知っているから、ハカセってよばれている斉藤《さいとう》くん。

「前に読んだオカルトの本にのっていたんだ。ドッペルゲンガーってね、もうひとりの自分が、べつの場所《ばしょ》にあらわれるっていう、不思議《ふしぎ》な現象《げんしょう》のことだよ」

「えっ？　どういうこと？」

「つまりね、家にいた海斗《かいと》とはべつに、もうひとりの海斗が、学友堂《がくゆうどう》でブタまんを食べていたってこと」

ハカセはこういう「ウソだろ?」って話が好《す》きみたいだ。はりきってぼくに解説《かいせつ》する。

だけど、もうひとりのぼくが、ふらふら歩きまわっているって? ありえないよ。

「たまたま、そっくりな人がいたんだろ。世界《せかい》には、自分に似《に》た人が三人いるっていうし」

そういったら、ハカセはすごくがっかりして、いつもの青白い顔にもどってしまった。

ところが、つぎの週の月曜日。休み時間にゴンとしゃべっていると、クラス一おしゃべりな春香《はるか》が、うれしそうに近づいてきた。

「ねえねえ、海斗《かいと》ってさ、『魔法《まほう》のくまちゃん』が好《す》きなの？」

ぼくの声は「へっ？」ってひっくりかえる。

「あ、知ってる！　くまのぬいぐるみがでてくるアニメだろ。オレ、むかし見てたもん」

ってゴンが口をはさむ。

そう、「魔法のくまちゃん」は、日曜の朝、八時半から、いまでも放送《ほうそう》しているアニメ番組。

くまのぬいぐるみの「くまちゃん」が、不思議《ふしぎ》な魔法を使《つか》うメルヘンなお話だ。

「でも、あれ、幼稚園児《ようちえんじ》が見るアニメじゃん」

わらいながらゴンがいったのでドキッとした。

まさか、四年生になっても毎週「くまちゃん」を見ているなんて……ちょっといえない。

それだけじゃない。いまだに「くまちゃん」の毛布《もうふ》でねていて、「お兄ちゃん、それがないとダメなの？」って、カナにからかわれているなんて、もっといえない！

でも、なんでだ？　なんで春香《はるか》は、「魔法《まほう》のくまちゃんが好《す》きなの？」なんてきくんだ？　もしかして、春香になんかバレてる？

ひそかにパニくっているぼくをよそに、春香はぺらぺらしゃべりだす。

「きのうね、家族《かぞく》でショッピングモールにいったら、『魔法のくまちゃんとあそぼう』っていうイベントをやっていたの。うちの妹が、どうしてもいきたいってきかなくてさ……」

たしか、春香《はるか》には三歳《さい》の妹がいたはずだ。

「会場にいったら、着《き》ぐるみのくまちゃんが風船《ふうせん》をくばっていたの。で、ふと見たら……」

思いだして、春香はププッとふきだす。

「小さい子にまじって、海斗《かいと》がうれしそうに風船をもらっているんだもん。ウケるよ」

えっ？　ちょ、ちょっとまってよ。

「風船なんてもらってないって！

だいたい、ぼくがそんなところにいるわけないだろっ」

いいながら、ぼくの顔は赤くなる。いや、だって、ほんとうにそんなイベント、知らないし！

「それ、海斗《かいと》じゃないよ。だってきのうは、オレんちでゲームしてたもん。な、海斗」

すぐに、ゴンが助《たす》け船《ぶね》をだしてくれた。だけど、春香《はるか》はまだうたがっている。

「ほんと？　ドラポンのシャツを着《き》てたから、ぜったい海斗だと思ったのに」

えっ、またドラポンシャツ？

「ほらね！　やっぱりドッペルゲンガーだ！」

とつぜん、本を読んでいたはずのハカセが、目をかがやかせてさけんだ。

「ドッペルゲンガーってなに？」

ゴンがきくと、まってましたとばかりに、ハカセの解説《かいせつ》がはじまった。

「……それでね、ドッペルゲンガーは、自分と関係《かんけい》のある場所《ばしょ》にあらわれるんだって。たとえばさ、海斗《かいと》のドッペルゲンガーも、海斗がいきたかった場所にあらわれたのかも」

って、ハカセはよけいな解説をつけたす。

「海斗ぉ」

ゴンがぼくの顔をまじまじと見た。

「おまえ、ほんものの海斗？　もしかして、ニセ海斗だったりして」

「んなわけないだろっ」

「あっ、オレ、いいこと考えた。みんなでそいつをつかまえてさ、ほんものとニセもんの奇跡《きせき》のツーショットを写真《しゃしん》にとろうぜ！」

ゴンのやつ、完全《かんぜん》におもしろがっている。

「でも、海斗《かいと》はそいつを見ちゃダメだよ！」

ハカセがあわててぼくをとめた。そして、急《きゅう》にまじめな顔になった。

「自分のドッペルゲンガーを見た人はね……数日以内《いない》に死《し》んじゃうんだってさ」


そのあと、ニセもんは、もっとあちこちにあらわれるようになった。

まるで、ゴンの計画《けいかく》を知って、からかっているみたいだ。

「きのう、駅前《えきまえ》のバス停《てい》で、ぼーっと立っていたけど、どこにいったの？」

って、となりのクラスの子にきかれたり、

「手をふったのに、ムシしたでしょ？」

って、身《み》におぼえのないことで怒《おこ》られたり。

きょうは、ついに母さんまで、

「あら？　さっき、スーパーで見かけたの、海斗《かいと》じゃなかったの？」

なんていいだした。

じょうだんじゃない。それ、全部《ぜんぶ》、ぼくじゃない。ぼくのコピーだ、なりすましだ！

「見たら死《し》ぬ」ってハカセはいったけれど、そんなの知るか。こうなったら、そいつをひっつかまえて、「勝手《かって》にふらふらすんな！」「消《き》えろ！」ってガツンといってやる！

ニセもんは、必《かなら》ずドラポンのシャツを着《き》てあらわれるらしい。ってことは、知らない間に、ぼくの部屋《へや》からシャツをぬすんで、またそっと返《かえ》しにきているってことだ。ほんとに、ずうずうしいヤツ！

ぼくは、いつもはタンスのひきだしにしまっているドラポンシャツを、ベッドのマットの下にかくしてやった。すると、思った通り、そいつはのこのこやってきた。

その日、ぼくが学校から帰ると、家にはだれもいなかった。カナはバレエ教室、母さんはそのつきそいで、でかけている。

ランドセルをおきに、二階《かい》へあがろうとすると、上からおかしな歌声がきこえてきた。

ドキッとして耳をすます。母さんもカナもいないのに？　もしかして……。

息《いき》をつめながら、階段《かいだん》をのぼっていく。その歌は、ぼくの部屋《へや》からきこえてきた。

♪　魔法《まほう》のくまちゃん、どこいくの〜
　　魔法のくまちゃん、ふーわふわ〜

ぼくはドアの前で、息をのんだ。

これ、「魔法のくまちゃん」の主題歌《しゅだいか》だ！　そして、ドアのむこうで、きげんよく歌っているのは、ぼく！

ごとっ、ごとごとごとっ。

歌にまじって、タンスのひきだしをあけたり、しめたりする音がした。

「おっかしいなあ」

ってつぶやく声。ニセもんのぼくが、ドラポンシャツをさがしている！

心臓《しんぞう》がとびだしそうにバクバクしていた。

「そこにいるの、だれ？」

おそるおそるきくと、ぱたりと音がやんだ。

「そこにいるの……ぼく？」

部屋《へや》の中から、「へっ⁉」ってひっくりかえった声がした。

いまだ。いま、いわなきゃ。

「ぼっ、ぼくの、マ、マネすんなーっ」

大声でどなった……つもりだけど、自分でもびっくりするくらい、かすれて弱っちい声。

ぱた、ぱた、ぱたっ。

フローリングの足音がこっちに近づいてきた。

見ちゃダメだ！　見たら死《し》ぬ！

とっさにぎゅうっと目をつぶる。

きいい、とドアがあいて、もうひとりのぼくが、すぐ前に立っているってわかった。

見るな、見るな、見るな……目をつぶってかたまっているぼく。すると、そいつは、

「ごめんね」

って、小さな声であやまったんだ。

あのときの話をすると、「奇跡《きせき》のツーショット、見のがしたあ」って、ゴンはいまだにくやしがる。ニセもんのあいつも、ぼくに怒《おこ》られて反《はん》省《せい》したのかな？

あれっきり、ぱったりあらわれなくなった。

音楽室のカスタネット

二《にの》宮《みや》由《ゆ》紀《き》子《こ》

さいしょは、気にもとめなかった。

だって二時間目と三時間目の間だよ。つぎの授業《じゅぎょう》が体育《たいいく》だって日もあるし、いろいろ、こっちだって、いそがしい。

それに、「放課後《ほうかご》の時間に、だれもいないはずの音楽室から、ピアノの音がきこえる」ってのは、小学校の怪談《かいだん》の定番《ていばん》中の定番だけど、音楽室からきこえるのは、ピアノじゃなくて、カスタネットの音なんだもの。それも、かなり、へたくそな。

すくなくとも、自殺《じさつ》した美《うつく》しい音楽の先生とか、殺《ころ》された美しい音楽好《ず》きの六年生の少女がたたいてるとは思えないよな、だれも。

まあ、授業がおわったあとの一年生が、まだ教室にもどらないでカスタネットたたいてるんだなって、思ってた。それなら、よくあることだし。

でも、変《へん》だな……って思いはじめたのは先週の金曜からだ。だって、その前日の木曜にもきこえたのと同じ、ほんとにまったく同じリズムと強さの間隔《かんかく》でカスタネットの音がきこえたから。

一年生だって時間わりは毎日変《か》わる。木曜と金曜と同じ時間に同じクラスの子がつづけて音楽の授業《じゅぎょう》なんて、あんまりないはずだ。だって音楽だよ。算数や国語とはちがう。

それに、この音は木曜だけじゃなくて、たしか月曜だってきいたはずだし、土曜だってきいたことがある。

まさか一年生がカスタネットの「特訓《とっくん》」をさせられてる？　そんなはずない。

音楽の先生がカスタネットの練習《れんしゅう》？　ばかばかしいよ、へたすぎる。

カスタネットの練習用のＤＶＤ《ディーブイディー》とかＣＤ《シーディー》ってことでも、ないはずだ。

だって、あんな、とぎれとぎれで、しかもリズムもくるってるようなカスタネットの音、わざわざ練習用《れんしゅうよう》のDVD《ディーブイディー》とかCD《シーディー》に録音《ろくおん》する？

考えたら考えるほど、変《へん》な気がした。

ああ、こんなこと考えださなきゃ、よかったんだ。それに、ぼくには、

「ねえ、音楽室で、変なカスタネットの音がきこえてるんだ。気づいたこと、ある？」

なんて、気軽《きがる》に話しかけられるような友だちがいない。まして、

「いっしょに音楽室、のぞいてみようよ」

なんていえるような友だちは。

だから、音楽室のカスタネットにも気づいたんだと思うよ。音楽室は、ぼくらの教室から運動場《うんどうじょう》にでるとちゅうで通るろうかの道すじに

あるんだけど、みんなと大声でさけびあい、わらいあいながら走って運動場《うんどうじょう》にでていくやつらには、きっと自分たちの声でカスタネットの音なんかきこえないと思うし、きこえたとしたって何もふかくは考えないだろうから、きこえてないのと同じだ。

まあ、ぼくだって、さいしょのうちは、気づいても、ふかくは考えなかったわけだし。だって、もっと気にすることが、ぼくにも、ほかにあったから。

なんていっちゃうと、そうだね、もうかっこわるいけど、正直《しょうじき》に告白《こくはく》しなきゃいけないな。ぼくが音楽室の前をただ「通りすぎて」いたんじゃなくて、音楽室の前をいつも「ちょっとゆっくりめにぶらぶら歩く」みたいにしてたことを。

つまり、その、音楽室の前のろうか側《がわ》の窓《まど》からは、運動場のある場《ば》所《しょ》がよく見えるからで、その場所っていうのは、同じクラスの女子のグループ……っていうか、ううん、他《ほか》の女子たちはどうでもよくて、えい、名前をいっちゃうと谷川《たにかわ》えみりが、最近《さいきん》いつも四《よ》つ葉《ば》のクローバーさがしに夢中《むちゅう》になってる場所なんだ。

ああ、名前をいっただけで、どきどきする。

もちろん、ぼくは、谷川えみりと話をしたことなんか一度《いちど》もない。それどころか、まともに目を合わせた

ことも。

谷川《たにかわ》えみりは学級委員《がっきゅういいん》だから、しょっちゅう教室の前に立って、みんなの顔を見わたすみたいにすることがよくあるけど、でも、ぼくは、その目がこっちの方向《ほうこう》に向《む》きそうになるだけで、いつもいそいで目をふせてしまうんだ。どうしても。

だから、谷川えみりの方では、ぼくのことなんか、一度《いちど》も気にとめたこと、ないと思うよ。ぼくがカスタネットの音をたいして気にとめなかったのと同じに。

っていうより、ぼく以外《いがい》のみんなが、いまもだれも、カスタネットの音に気がついていないのと同じように?

そう考えてしまったときから、ぼくは、カスタネットの音がますます気になってしまったのかもしれない。

ぼくと同じくらい、だれからも気にされなくて、ぼくだけが気になっている音楽室のカスタネット。

そのカスタネットの音は、ずっと、ぼくの頭の中で鳴りひびくようになった。

授業中《じゅぎょうちゅう》も、家に帰ってからも、ふとんのなかでも。

そして、ついに二晩《ばん》つづけて、カスタネットが鳴りつづける夢《ゆめ》を見て、ぼくは決心《けっしん》した。きょうの二時間目と三時間目の間、音楽室をのぞいてみよう、って。

だって、さいしょの晩の夢では、ただきこえるだけだったカスタネットの音だけど、きのうの夢のなかじゃ、さいしょは猿《さる》がたたいてて、気がつくと、それをたたいてるのは、ぼくで、ぼくが猿になってるんだ。

こわいだろう、そんな夢《ゆめ》？

あんな夢をこれから毎日見つづけさせられるのは、いやだ。それなら、昼間なんだし、まさか、ゆうれいもでないだろうから、音楽室を思いきってのぞいてみよう……って決《き》めたんだけど、カスタネットの音をききながら、ろうかを歩いて、いざ音楽室のとびらの前に立ったときは、足がふるえた。

こういうの、ことばだけかと思ってたんだけど、こわいとき、足って、ほんとにふるえるんだね。がくがくがくって。

ちょっと、その発見《はっけん》におどろいたのと、なんか感心《かんしん》したみたいな気もちがあって、ぼくは、自分でもおどろくくらい、すんなりと音楽室のとびらをあけた。

「……えっ……？」

だれもいない。

でも、前から二番目、ろうか側《がわ》のすみの列《れつ》のつくえの上で、ひとりで動《うご》いて音を鳴らしつづけているのは、カスタネットだ。

「うわあ……」

このつくえの子どもが自《じ》殺《さつ》した？　あるいは殺《ころ》されて、でも、カスタネットだけは、たたきたいという執念《しゅうねん》がのこって……。

「ちがうね」

と、声がした。

そのカスタネットだ。

いつのまにかカスタネットの音はやんでいる。

「まてよ、にげないでいいさ。そんなんじゃないから。こわがらなくて、いい。おれは、カスタネットの妖怪《ようかい》だ」

妖怪《ようかい》？　そうきいて「こわがらなくて、いい」なんて思うか？

ぼくは、また足ががくがく、ふるえた。

「あははは、だからこわくない、って、いってるだろ？　ぼくたち妖怪はべつに、この世《よ》の人間になんか、うらみはないからね。きみに、おかしなことなんてしないさ」

でも、でも、カスタネットがひとりで、ぱくぱくとじたり開《ひら》いたりしながら、しゃべってるんだよ？

「そりゃ、ほかに、しゃべる手がないからね。音をだすのは、こうやってだすしかない。まあ、そもそも手もないが、おれには」

といって、カスタネットは、

「あはははは」

と、ひとりでわらった。

わらう気にもなれない、ぼくの方は。

ぼくの考えること、読まれてるんだし。

「それは、きみの考えてることくらい読めるさ。なんたって妖怪《ようかい》だからね。もっとも、女の子の考えてることはちょっと読みにくいが」

と、妖怪がいったので、

「ほんと？　そうなの？」

と思わず、声がでてしまった。

「そりゃ、そうさ。女の妖怪《ようかい》の考えてることもわかりにくいが、人間の小学生の女の子の考えてることは、もっとわかりにくい。そうだろ、きみだって？」

「……うん」

なんで、すなおにうなずかなきゃならないんだと思うくらい、すなおにうなずいてしまった。カスタネットに。

だって、カスタネットの妖怪なのかもしれないけど、見た目は、ただの小さなカスタネットだ。ちょっと古ぼけては見えるけど。

「そう、目も口もない。手だけじゃなくて、足もない。ははっ」

と、カスタネットの妖怪は、またわらった。

「考えるはしから、おれに頭の中を読まれて、きみは手も足もでない、このおれに」

そういってから、きゅうに声をひそめて、

「手も足もでない相手《あいて》は、おれだけじゃないだろ？　ほらほら？」

と、なれなれしい口調《くちょう》でいいながら、どんどん、はねて、ぼくのすぐそばまで近づいてきた。

「そう、その名前だよ、谷川《たにかわ》えみり。へええ、学級委員《がっきゅういいん》なのか？」

「べっ、べつに……そんな、好《す》きとかじゃなくてっ！」

「うん、だから手も足もでない関係《かんけい》な、そういってるだろ？」

ぼくは、だまりこむしかなかった。

だって、ほんとに、そういうしかない関係だから。

っていうか、どんな「関係」もない、って、むこうじゃ思ってるんだろうし。

「よかったら、おれが、そのえみりを、ここによびだしてやろうか？」

「えっ、そんな……」

「できないとでも思ってるのか？　おれは、カスタネットの妖怪《ようかい》だぞ。しかも、妖怪じゃない、ふつうのカスタネットだった時代《じだい》から、おれは、じまんじゃないが、モテにモテた」

「モテた……って、カスタネットに？」

「あたりまえだろ？　ピアノやらドラムセットにモテてどうする？　いや、もちろん、カスタネット界《かい》では女子に人気のあることで有名《ゆうめい》だったおれだから、おれに片思《かたおも》いのピアノやハーモニカもいたかもしれんが……うん」

「……あの……質問《しつもん》だけど……そ、その、カスタネットって、みんな見たとこ、そっくり同じだよね？」

「そうだよ、同じメーカーの製品《せいひん》だからな。あっ、そっくり同じのカスタネットどうしのなかで、なんで、このおれだけがモテたのかって、疑問《ぎもん》に思ってるな。ははん、そんなことだから、きみは、そのえみりに手も足もでないんだ。カスタネットのなかでも、このカスタネットは見ためがかっこいいとか、かわいいとかいうやつがモテると思ってたんだろう？」

「……うん」

ぼくは、うなずくしかなかった。だって実際《じっさい》、まわりでもそんな感《かん》じなんだもの。

「ばかだな、カスタネットも人間も、結局《けっきょく》は中身《なかみ》でモテるんだよ。まったく、まだまだ子どもというやつは。ああ、そういえば、おれの元のもち主《ぬし》は、かなり見た目だけが上等《じょうとう》で、女子にモテる一年生だったな」

モテる一年生？　あ、でも、そういや、いたな、一年のときからモテてた同級生《どうきゅうせい》って。山縣《やまがた》とか、相田《あいだ》とか。

「そいつらのことは知らないけど、おれのもち主《ぬし》は、モテた上に、自分がモテることをよく知ってた。いやなやつだろ？」

「うん」

「だから、女の子のことはみんな見下してたね。っていうか、自分を好《す》きになるようなアサハカな女の子たちだけを『女の子』と思ってて、それ以外《いがい》のタイプの女の子には手をださなかったわけ。あ、これは実物《じつぶつ》の『手』じゃなくて……」

「知ってるよ」

と、ぼくはいった。

「お、知ってたか。おまえみたいなおく手の小心な子どもには、そんなことば、まず縁《えん》がないから知らないと思ってたね。あははは、失礼《しつれい》、失礼」

カスタネットは、からだを、ばくばく、ゆすってわらった。

「でね、こいつは一年生のころから、そういうかぎられた女の子だけを相手《あいて》にしてたから、ほかのたくさんの女の子の心は読めないまま、おとなになってな。いまやヨボヨボのじいさんだが、苦労《くろう》してるよ。自分のおくさんや、息子《むすこ》の嫁《よめ》さんの相手をするのに」

「ええっ……生きてたんだ、そのひと」

ぼくは、おどろいた。妖怪《ようかい》って、なんか江戸時代《えどじだい》とかさ、よくわからないけど、すごく古い時代から生きのこってるもんだと思ってたから。

「江戸時代にカスタネットなんか、ないさ。小学校もなかったんだし。

おれが、そいつのカスタネットから妖怪《ようかい》になったのは昭和《しょうわ》になってからだ。だけど、あははは、いい気味《きみ》だよ。そいつ、おれのことも、音楽の授業《じゅぎょう》で使《つか》わなくなったら、さっさと教室にすてててかえったんだぜ。だから、いま自分で練習《れんしゅう》してるわけ。これが、けっこうむずかしいね。ほら、カスタネットって、人間にたたかれて音をだすのはかんたんだけど、自分ではねて音をだすってのは、これがなかなか技術《ぎじゅつ》とアイディアが必要《ひつよう》で……」

「……おどろいた……」

小さなためいきのような声がきこえて、ふりむくと、ぼくのまうしろに立っていたのは谷川《たにかわ》えみりだった。

手にクローバーをにぎりしめたまま、足が、がくがくと、ふるえている。

それを見たとたん、

「だいじょうぶ」

と、思わず、瞬間《しゅんかん》に声がでていた。

「ぼくも、さっきさいしょに見たときはおどろいたんだけどさ、このカスタネットはこわくないよ」

「え……？」

谷川《たにかわ》えみりの大きな黒いひとみが、すがるように、ぼくの目をまっすぐ見て、うるんだあたたかな光でまたたいた。

からくり時計の広場

濱《はま》野《の》京《きょう》子《こ》

咲織《さおり》は、とぼとぼと歩きながら、地面《じめん》の石をけった。石はころころ転《ころ》がって、どこかの家の塀《へい》にぶつかって止まった。

何でむきになっちゃったんだろ。あんなにいいはることなかったのに。でも、美結《みゆ》だって、がんこすぎるんだ……。

いまは夏休みで、きょうは七月さいごのプールの日だった。おわったあと、咲織たちは、仲《なか》のいい子たち五人ほどで、学校近くの駄菓子《だがし》屋《や》さんによって、アイスを食べながらおしゃべりしていた。

「ねえ、きのう、おもしろい話、きいたんだ」

美結が咲織たちを見まわした。咲織は、また怪談《かいだん》かな、と思ってそっとため息《いき》をついた。五年一組では、夏休みの少し前から、不思議《ふしぎ》な話とかこわい話がはやっていたのだ。

咲織は、あまりそういう話が好《す》きではない。ゆうれいなんて信《しん》じてないし、超能力《ちょうのうりょく》なんかも現実的《げんじつてき》ではないと思ってしまう。けれど、親友の美結《みゆ》は、その手の話が大好《だいす》きだ。

その日、美結が話したのは、怪談《かいだん》ではなかった。それは……。

一か月ほど前に、駅前《えきまえ》広場にからくり時計が設置《せっち》された。毎日十二時、午後《ごご》三時、六時に、オルゴールの音楽とともに、お人形がおどるしかけになっている。ところが、その五分の間に、時空のゆがみが生じて、パラレルワールドにまぎれこむことがあるのだという。パラレルワールド、つまり、この世《よ》と並行《へいこう》して存在《そんざい》するべつの世界《せかい》。

不思議《ふしぎ》な話の好きな子たちが目をかがやかせた。

「ほんとう？　あたしもいってみたい」

「でしょ？　塾《じゅく》の友だちのお姉さんが、体験《たいけん》したんだって」

すると、べつの子がつぶやいた。

「そのうわさ、あたしもきいた。もうひとりの自分、見たって……」

けれど咲織《さおり》は、つい、強い口調《くちょう》で、

「そんなの、あるはずないよ」

と否定《ひてい》した。ところが、美結《みゆ》は絶対《ぜったい》にほんとうだと強くいいはった。咲織もむきになって、ありえないとくりかえしたので、とうとう、けんかになってしまった。

これまでも、意見《いけん》があわないことはあったけれど、ここまで強くいいはることはなかったのに、なぜだか、どちらもひくにひけなくなってしまったのだ。

美結は、二年の二学期に転校《てんこう》してきて、咲織と席《せき》がとなりになった。ショートカットで小柄《こがら》なメガネ女子の美結と、背《せ》が高めで髪《かみ》はロングの咲織とは見た目も考え方もずいぶんちがうけれど、ふたりともはじめて見たときから相手《あいて》のことが気に入って仲《なか》よくなった。

三年のときのクラスがえで同じクラスになったときは、とびはねて喜《よろこ》んだ。そのとき、おたがいが大切にしているものをこうかんしようということになって、咲織《さおり》は、大好《だいす》きなアニメキャラのキーホルダーをあげた。美結《みゆ》がくれたのは、花かざりのついたヘアゴム。髪《かみ》をショートにしてから自分では使《つか》わなくなったけれど、大事《だいじ》にとっておいたものだという。ピンクの花がとてもかわいくて、咲織は

大切にしていた。

ほんとうは、きょうだって、いっしょに遊《あそ》ぶはずだったのだ。そう思いながら歩いているうちに、咲織《さおり》は、いつの間にか駅前広場《えきまえひろば》にきていた。うわさにきいていた、からくり時計。でも、実物《じつぶつ》を見るのははじめてだった。時間を見ると、三時二分前。もうすぐ、はじまるようだ。

あたりには、三時になるのをまっている人もいたけど、それほど多くはなかった。やがて、リンゴーンというオルゴールの音とともに、扉《とびら》があいた。そして音楽に合わせて、おどるような動作《どうさ》で、ピエロとお姫《ひめ》さまとライオンがくるくるとまわる。お姫さまがスカートをつまむようなしぐさでおじきをすれば、ピエロはひょうきんな動作で顔を動《うご》かし、ライオンは雄叫《おたけ》びをあげるようなポーズをとる。

通りを歩く人もあつまってきて、広場は三時前よりもだいぶ人がふえていた。咲織《さおり》がのびあがるようにして人形を見ていると、急《きゅう》にだれかがぶつかってきた。

「きゃ！」

相手《あいて》が転《ころ》びそうになったので、とっさに手をのばして腕《うで》をつかんだ。

それは、咲織よりはだいぶ小さな女の子だった。

「ごめんなさい、よそ見してて」

といいながら、その子は、ちょっと首をかしげて、咲織を見あげた。

一年生ぐらいだろうか。髪《かみ》を頭のうしろで結《むす》んだ、かわいらしい感《かん》じの子だ。でも、見かけたことがないから、咲織の通う学校の子ではなさそうだ。

「こっちこそ。でも、だいじょうぶ？」

「うん。ありがとう、おねえさん。おかげで転《ころ》ばずにすんじゃった」

と、女の子がわらった。

からくり時計の人形たちは、まだおどったりおどけたりしていた。たしか、五分間つづくはずだから、まだ二分以上《いじょう》のこっている。

「これ、いつできたのかな」

女の子がつぶやいた。

「できたばっかりだよ。あたしも、見たのはじめてだもの」

「あたし、夏休みになってから、この街《まち》にひっこしてきたんだけど、きのう、ここ通ったときは、気がつかなかったなあ」

女の子は、目を細めるようにして、人形を見ている。

「もしかして、目が、悪《わる》いの？」

「うん。きょう、メガネを作りにいくの。やだなあ。コンタクトレンズは、中学生になるまでがまんしなさいって。ママは、新しい学校に変《か》わるから、ちょうどいいでしょう、っていうけど……」

「そっか。でも、あたしのクラスに、メガネ女子、いるよ。かわいいメガネで、その子によく似合《にあ》ってるよ」

そう口にしたとたん、咲織《さおり》の胸《むね》はずきんといたんだ。そのメガネ女子の親友、美結《みゆ》とけんかしてしまったのだ。けれど、咲織のことばに、女の子は少し安心《あんしん》したようだ。

「じゃあ、あたしもかわいいメガネ作ってもらおうっと」

「そうしなよ。ねえ、もうちょっと前にいってみようか」

咲織は、その女の子の手をとると、見物《けんぶつ》している人の間をぬって前に進《すす》み、時計に近づいていった。

「わあ、かわいい。あのピエロもおもしろい」

「ほんと！　動《うご》きがユーモラスだね」

と、咲織《さおり》もあいづちをうつ。からくり時計なんて、たいしたことないと思っていたけれど、想像《そうぞう》していたよりもおもしろい。美結《みゆ》といっしょに見たかったたな、と咲織は思った。

時計の針《はり》は三時四分。のこりはあと一分だ。

「あたし、そろそろいかなきゃ。ママとまちあわせてるの。じゃあ、おねえさん、さよなら」

女の子は、笑顔《えがお》で手をふると、背中《せなか》をむけてかけだした。結《むす》んだ髪《かみ》が背中ではねている。その髪を結んでいるのは、ピンク色の花かざりのついたヘアゴムだった。

あれ？　あのヘアゴム……。

「まって！」

咲《さ》織《おり》はあわてて女の子を追《お》いかけた。そのとき、リンゴーンとオルゴールがひときわ高らかに鳴った。それと同時に、人形たちがひっこんでいく。そして、扉《とびら》がしまりかかった。

咲織は、大きな声でさけんだ。

「みゆー！」

けれど、女の子のすがたは、人だかりの中に消《き》えて見えなくなっていた。やがて、からくり人形の扉がすっかりしまり、あつまっていた人

びとが散《ち》りはじめた。それでも咲織《さおり》は、女の子が去《さ》っていった方をしばらく見つめていた。すると……。

「咲織……」

そこには、メガネをかけたショートカットの、美結《みゆ》が立っていた。

「美結、見てたの？　からくり時計」

「うん。うしろの方で……でも、何もおこらなかったよ」

「…………」

「あたしだって、パラレルワールドがあるって、信《しん》じきってたわけじゃないんだ。それなのに、むきになっちゃって。こんなことで、咲織とけんかなんかしたくなかったのに」

「あたしこそ、ごめん。でも、一回だけじゃ、わからないよ。もしかしたら、そのうち、不思議《ふしぎ》なことがおこるかも」

だって、咲織《さおり》は体験《たいけん》したのだ。三年前の美結《みゆ》と出会ったのだから、パラレルワールドではなかったけれど。咲織が知らなかった、長い髪《かみ》を結《むす》んでいたときの美結……。

美結は、咲織のことばに目を丸くした。それから、くふっとわらった。

「咲織がそんなこというなんて、らしくないよ」

「そっか。まあ、そうだね」

「ねえ、咲織。いままでいわなかったけど、あたし、ひっこしてきたばかりのころ、夢《ゆめ》でこれとそっくりの時計を見たの。その夢で、咲織によく似《に》た人と会ったんだ。だから、転校初日《てんこうしょにち》に咲織と会って、すごくおどろいたんだよ」

——それ、夢じゃなかったのかもね……。

からくり時計は、駅前《えきまえ》の名物《めいぶつ》になって、その後も、咲織《さおり》は何度《なんど》か美《み》結《ゆ》といっしょに見にいった。不思議《ふしぎ》なことは二度《にど》とおこらなかった。そして、パラレルワールドのうわさは、いつの間にか、消《き》えてしまった。

けれど美結は、あいかわらず、

「ねえ、きいてよ。四年生の子が、三階《かい》のトイレで、見たんだって」

というふうに、すぐにゆうれいネタや不思議な話をしはじめる。咲織はといえば、やっぱりゆうれいなんていないと思っているし、超能力《ちょうのうりょく》も信《しん》じてない。でも、もしかしたら、世《よ》の中にはちょっと不思議なことがあるのかもしれない、と思うようになった。

うしろの正面《しょうめん》、コンタマン

岡田貴久子《おかだきくこ》

その看板《かんばん》がいつからたっていたのかはよくわからない。かあさんは、

「レトルトカレーの看板ね。あたしが子どものころからあるわよ」

というし、とうさんは、

「それ、キシリトールガムの看板だろ?」

と、首をかしげる。

「缶《かん》コーヒーのだったら、ちょっとまえに見た気がするな」

と、おねえちゃん。

おねえちゃんはぼくより二こ上の六年生だけど、おねえちゃんの「ちょっとまえ」は一週間まえだか一年まえだか、とにかくまるであてにならない。

みんな、てきとうで、それってつまり、見てもつぎのしゅんかんにはわすれてしまうような、よくあるやつ、ということなんだろう。ど

こにでもあるふつうの、たたみ半分ぐらいの大きさの。カレーでもガムでも缶《かん》コーヒーでもない、緑《みどり》のペンキで『こころほっこり、スイートコーンのカップスープをどうぞ！』とかかれている看板《かんばん》は、ぼくの家と児童館《じどうかん》のあいだにある。ごちゃごちゃした路地《ろじ》をぬけて、砂場《すなば》とすべり台だけの小さな公園をつっきったところに、それはもう、あやしいところなんかぜんぜんないようすでたっている。

よく晴れた七月はじめの土曜日。

児童館で子ども料理《りょうり》教室におねえちゃんと参加《さんか》して、ぼくはひとり、帰り道を歩いていた。いつもなら自転車《じてんしゃ》なんだけど、できたてのミントゼリーをもっていたし、おねえちゃんはさっさと塾《じゅく》へいってしまったから。

まだ昼まえなのに、日ざしが強い。

自転車《じてんしゃ》だと十分のところを、十五分以上《いじょう》も歩き、ひとやすみしたところが、カップスープの看板《かんばん》のまえだった。『こころほっこり』の文字をぐるっとかこむように、黄色いトウモロコシがかいてある。どれも粒々《つぶつぶ》をふりとばし、ごきげんにはじけてる感《かん》じだ。

ぼくははしっこのチビなやつが気になった。ヒゲはしょぼいし粒も小さい。

――なんだかペンキもはげてるなあ。

ちょうど目の高さにあるのを、ふうむとながめ、そこで思いついて、ズボンのポケットにつっこんであった青いクレヨンのかけらをひっぱりだした。

りりしいまゆ毛と目をかきこんでみる。

ううん、いい感《かん》じ。

にかっとわらうでっかい口もかきたした。

ガッツポーズをする手も。

ブーツでふんばる足も。

いいぞ。

ブーツのヒールにはロケットエンジン・コーンジェットをつけよう。

ぼくはミントゼリー入りパックの入った紙《かみ》ぶくろを足もとにおいて、ほんかくてきにコンタマンをしあげていった。

うん、こいつの名前はコンタマン。

宇宙《うちゅう》からきたモロコシ星人だ。しんから黄色のあかるいやつだけど、じつはとってもキケンな地球外《ちきゅうがい》星人なんだ。最強武器《さいきょうぶき》は頭のてっぺんでポンポンはじけるポプコンばくだん。だれでも一度《いちど》、ほおばれば、くらくらするようなおいしさに頭のネジがはじけとぶ。もっともっとほしくなって、モロコシ星人のいいなりさ。正体がばれそうになったら、コーンジェットで銀河《ぎんが》のかなたへひとっとび。

そうだ、弱みもなきゃ、つまんない。

ぼくはコンタマンに指《ゆび》をつきつけた。

「きみの弱みはトッピンペロリだ」

そういってから、考えた。

トッピンペロリってなんだろう？

児童館《じどうかん》の『へんてこ生《い》き物図鑑《ものずかん》』にのってたっけ？　どうだっけ？

まあいいや。

トウモロコシの粒《つぶ》みたいな小さい『っ』の上に、なが〜い舌《した》をぐりぐりとかく。コンタマンにせまるトッピンペロリの青い舌。

べろべろべろん、食っちまうぞ。

そこで、ぼくのおなかがグウと鳴った。

ミントゼリーはとけかかり、もう昼だった。

それからぼくは、ときどき、コンタマンに会いにいっては、かすれた線をなおしたり、ヒゲや粒々をふやしたりした。

コンタマンのやつ、だれにも気づかれず、それともだれも気にしないのか、いつもだまって——あたりまえか——ぼくをまってるんだよ。

よしよし、かわいいやつ。

ぼくは気前よく金と赤のクレヨンでかっこいいパワーベルトをかきたしてやった。


いよいよきょうから夏休みって日のこと。

児童館《じどうかん》でドッジボールをしたあと、家へむかってひとりで自転車《じてんしゃ》を走らせていたら、いきなり空がひかって、みるみる暗《くら》くなった。と思うと、よこなぐりに大粒《おおつぶ》の雨がふりはじめ、雷《かみなり》が鳴りひびき、空がまた、ひかる。

ぼくはぼうぜんとして、自転車をおりた。

あっというまにびしょぬれだ。

夜でもないのにまっ暗な空をイナズマがかけめぐり、雨のしぶきで道の先も見えない。

ドンと大きく空が鳴り、あわててわきの路地《ろじ》にかけこむと、とたんにまっ白なひかりがみちて、目と鼻《はな》の先にあったカップスープの看板《かんばん》がぜんぶ見えた。

くっきりとうかびあがるコンタマン。

しゅんかん、「あっ！」とぼくはさけんだ。

コンタマンが看板からとびだしたんだ。

思わずぼくも、路地をとびだした。

看板のまえにかけつけ、口をあんぐり、もう声もでやしない。

コンタマンのかたちをハサミで切りとったみたいに看板のはしっこが空白になっていて、うらにまわってみたら、黒ずんだ木目《もくめ》のそこもからっぽじゃないか。

カップスープ
スイートコーンのカップス

青い舌《した》のトッピンペロリも見あたらない。あたりはどしゃぶりの雨にかき消《け》され、コンタマンたちがどこへいったか、ぼくにはけんとうもつかなかった。

つぎの日。
かあさんの買《か》い物《もの》についていったぼくは、商店街《しょうてんがい》の入り口でかたまってしまった。
口をあんぐり、でも心のなかでは、
――コンタマンだっ！
とさけんでた。
それはそのまま、声にでていたようで、
「コンタマン？」

かあさんも立ちどまり、首をかしげた。

「でもあれ、コンノスケなんじゃない？」

そうなんだ。

すぐそこで、サマーセールのチラシをくばっているゆるキャラは、粒々《つぶつぶ》トウモロコシの顔にまゆ毛もりりしく、ぼくがかいたコンタマンそっくり。ブーツには天使《てんし》の羽みたいなコーンジェットだ。なのに、おなかの赤いベルトには金文字で「コンノスケ」とかいてある。知らない赤いマントもつけている。

なんでコンノスケのふりをしてるんだ、コンタマン！　これも地球《ちきゅう》外《がい》星人のいんぼうなのか？　あのひかりは雷《かみなり》じゃない、宇宙《うちゅう》からのとくべつな光線だったのか……。

ぼくはどきどき、コンノスケからチラシをもらって読んだ。くわしく読んだ。どこかにひみつの暗号《あんごう》がかくれているかもしれない。

『コンなにおとくな一週間！　コンノスケスタンプをあつめて、温泉《おんせん》旅行《りょこう》を当《あ》てよう！　最終日《さいしゅうび》、抽選《ちゅうせん》会場にて、もれなくコンノスケ特製《とくせい》ポップコーンをプレゼント！』

コンノスケはこれから一週間つづくセールのマスコットキャラクターなのだった。

チラシから顔をあげると、コンノスケと目があった。縫《ぬ》い目がじぐざぐ入っているせいか、いやに目つきが悪《わる》い。思わずのぞきこんだのを、よけるようにして、そそくさとコンノスケはいってしまった。マントがひるがえり、黒ずんでてかてかになった木目《もくめ》みたいなもようのせなかがひらりとのぞいた。

ほらね、やっぱりコンタマンなんだ。

その日から、ぼくは毎日、商店街《しょうてんがい》へでかけていって、コンノスケをみはった。

うまくやらなきゃならなかった。だってコンノスケはじつはキケンなモロコシ星人コンタマンで、うみだしたのはぼくなんだから。そのことを知ってるのも、ぼくだけだ。

コンノスケは毎日、子どもたちとあくしゅして、チラシをくばる。朝は薬局《やっきょく》がひらくのと同時に、どこからともなくあらわれ、昼にはパン屋《や》さんの二階《かい》できゅうけいに入る。四時ごろからは、お客《きゃく》さんでこみあう店先で、カードにコンノスケスタンプをおしたり、コロッケを売ったり、ときには、小さい子たちにかこまれ、「コーンジェットジャンプ」や「ウルトラコーンビーム」のわざを見せたりする。

看板《かんばん》からぬけでたくせに、とくにあやしいところがないのがあやしかった。ゆるキャラには人がなかに入ってないのもあるんじゃないか——そう思ってみると、そうとしか思えなくなった。コンノスケもぼくが気になってたにちがいない。動《うご》かない目でちらちらとこちらをうかがっている気がしてならなかった。

そしてセールさいごの抽選日《ちゅうせんび》。

——コンタマンが動くなら、この日だ。

そうにらんだぼくは、朝から抽選会場になっている郵便局《ゆうびんきょく》のまわりをうろついていた。いつもは朝市の立つ入り口ドアよこのコーナーがかたづけられ、テントの下には、ガラガラ抽選機《き》と大きなポップコーンマシン。

マシンのなかではじけるポップコーンは、見れば見るほど、ポプコンばくだんに見える。

あぶないあぶない。

ひと口食べたら、心をのっとられる。

とめられるのは、きっと、ぼくだけだ。

ぐっと歯《は》をかみしめると、がぜん、冒険《ぼうけん》もののヒーローになった気分だよ。悪《あく》をたいじしたり世界《せかい》をすくったり、そんな事件《じけん》はどこか知らないところでおこるものだったんだけど。

リュックのなかには、トッピンペロリ……が、なにかわからなかったので、草っぱらでつかまえたふとっちょのトカゲが五ひき。

ゆだんなくまちかまえていたら、コンノスケがスキップですすみでる。抽選《ちゅうせん》のはじまりだ。コンノスケはマシンのまえに立ち、ポップコーンをすくってはビニールぶくろに入れ、お客《きゃく》さんにわたしていく。すがたはトウモロコシなのに、その手さばきがふつうに人間っぽくて、ぼくはついつい、目をうばわれた。

それはほんのいっしゅんのことだった。ガラガラやかましい音のあと、「三等《とう》、すこやか納豆《なっとう》一年分！」って声に、みんながわーっとなった、そのすきまのできごと。でもたしかに、ぼくは見た、と思った。

コンノスケがマシンをささっと操作《そうさ》した。そう見えたんだ。

つぎのしゅんかん、マシンの透明《とうめい》なカバーがふっとんだ。はだかの釜《かま》がぐるぐるまわり、あたり一面《いちめん》にポップコーンがはじけとぶ。

たいへんだ！

ポプコンばくだんのさくれつだ！

子どもたちは大よろこび。

おとなたちは大さわぎ。

「みんな、にげろ！」、さけんだつもりが、口はからから、声がのどにひっかかる。

コンノスケは？　と思ったら、赤いマントのはしが郵便局《ゆうびんきょく》のなかに消《き》えるところだった。ぼくもあわてて、郵便局にかけこんだ。すばやく見まわし、カウンターのむこうにひらひらしていたマントをとっさにつかんだよ。

そのときだ。

目のまえの郵便ぶくろのかげから、小さな恐竜《きょうりゅう》というか巨大《きょだい》なトカゲみたいなのがあらわれたんだ。ぼくはいっぺんに、それだけで一m《メートル》はあるかなっていうしっぽがのたくるのを、こわいあごが大口あけるのを、見てとった。いっぺんにこおりつきながら、それでも、

――トッピンペロリ……!!

でない声で、ぼくはさけんだ。
ちろちろ動《うご》く、青いような長い舌《した》。
そいつが一ぴき。いや、もう一ぴき。

みるまに舌がのびてきて、ぼくがおぼえているのは、髪《かみ》の毛にごっそりくっついたポップコーンがすくいとられたこと、マントだけははなさなかったこと、そこまでだった。
気がつくと、ぼくは郵便局《ゆうびんきょく》の長《なが》いすにねかされ、おでこにはアイスノンがのっていた。

それからまもなく、ぼくは商店街《しょうてんがい》から感謝状《かんしゃじょう》をもらった。ゆるキャラ「コンノスケ」になりすまし、郵便局《ゆうびんきょく》にぬすみに入ろうとしたどろぼうをつかまえたからだ。局長が郵便局の二階《かい》でだいじに飼《か》っていたオオイグアナ二ひきも、どろぼうをおいつめたごほうびに大好物《だいこうぶつ》のポップコーンをたっぷりもらった。

ぼくらのかつやくは子ども新聞やローカルのニュースにもなって、ぼくはちょっとした有名人《ゆうめいじん》さ。へへへ、ヒーローはこそばゆい。

でも事件《じけん》は、これでおわりなわけじゃない。

あの日、コンノスケがパトカーに乗《の》せられるとき、赤いマントが大きくめくれたんだよ。で、ぼくははっきりと見たんだ。そのコンノスケのせなかは、おなかとおなじ、トウモロコシもようだった。うん、黒ずんでてかてかになった木目《もくめ》みたいなもよう――看板《かんばん》のうらがわのもようじゃなく。

そうなんだ。

どこでいつ何時何分何秒《びょう》かはわからないけど、コンタマンとコンノスケは入れかわったんだ。キケンなモロコシ星人コンタマンは、きっとまだ、近くでようすをうかがっているにちがいない。

粒々《つぶつぶ》コーンのゆるキャラには気をつけて！

出会ったらまず、せなかをチェックだよ。

清造《せいぞう》くん記念日《きねんび》

吉野万理子《よしのまりこ》

六月二十四日は「清造《せいぞう》くん記念日《きねんび》」だ。

この日、学校の図工室にある「清造くん像《ぞう》」をぼくたち六年生は校《こう》庭《てい》にひっぱりだした。銅像《どうぞう》は、子どもの形をしていて高さは七十センチ、重《おも》さは二十キロ。公一郎《こういちろう》と淳哉《じゅんや》とぼくの男子三人で協力《きょうりょく》して、なんとかはこんだ。

ちなみに、六年はあと女子四人。あわせて七人しかいない。うちの学校は陸《りく》からはなれた島にあるので、子どもが少ないんだ。

清造くんっていうのは、ずーっとずっとむかし、五十年くらい前に、入学した子だ。三年生のおわりに病気《びょうき》になって、六月二十四日に死《し》んでしまった。

お父さんとお母さんが悲《かな》しんで、いっしょに卒業式《そつぎょうしき》に参加《さんか》させてやりたいっていって、親せきの彫刻家《ちょうこくか》にたのんで「清造くん像」が生まれたんだって。

同級生《どうきゅうせい》が卒業《そつぎょう》したあと、この像《ぞう》をどうするかって話になった。お父さんが「もっと勉強《べんきょう》したかっただろう、とくに図工が好《す》きだったから」というので、そのまま学校にのこって、いまも図工室にかざられているというわけ。

顔がまるっこくって、足が短《みじか》くて、同じ学年だったら仲《なか》よくなれそうなタイプだと思う。

でも、青銅《せいどう》の像って青くて顔色が悪《わる》く見えるから、正直《しょうじき》ブキミなんだ。

おっと、こんなことといったら、清造《せいぞう》くんに悪いよね。ぼくたちは、実《じっ》は、この像にこっそり何度《なんど》も助《たす》けてもらっているんだから……。あ、これ、先生にはナイショ。

校庭《こうてい》にひっぱりだしたあと、ぼくら六年で手わけして、銅像《どうぞう》のそうじをした。これは毎年六年生の仕事《しごと》なんだよ。

はたきでほこりをはたいて、それからやわらかい布《ぬの》でそっとふく。水をかけたり、ごしごしこすったりしないほうがいいんだって。だから、台座《だいざ》の部分《ぶぶん》だけ水あらいする。それで、台座がかわいたら、また男子三人で図工室へはこぶんだ。

図工室の一番すみっこに「清造《せいぞう》く

ん像《ぞう》」がおさまった。ほこりがなくなって、すっきり気分がよさそうに見える。

「いつもいつも、ありがとうございます」

公一郎《こういちろう》がそうあいさつしている。

ぼくも、つづけてお礼《れい》をいった。

「いろんなねがいごとをかなえてくれて、ありがとうございます」

そう、さっきぼくは「この像にこっそり何度《なんど》も助《たす》けてもらっている」っていったけど、それはつまり、おねがいごとをして、かなえてもらってるっていう意味《いみ》だったんだ。

この一年間、どんなおねがいをしたっけ。

そう、あれは去年《きょねん》の遠足のとき。

台風《たいふう》が近づいてきて、中止になりそうだった。だから「天気をよくして、遠足にいかせてください」って清造《せいぞう》くんにおねがいしたら、なんと台風《たいふう》の進路《しんろ》が急《きゅう》に変《か》わって、当日はピカピカの天気になったんだよ。

あと、算数のテスト勉強《べんきょう》ができてなくて、「テストを中止にしてください」っておねがいしたら、先生が急に「おなかがいたい」って病院《びょういん》にいっちゃって、ほんとうに中止になった。

前の日に食べたものが悪《わる》かったのだ、ってお医者《いしゃ》さんはいったようだけど、きっと清造くんがやったんだよね。ちょっとこわくなって、それからはおねがいごとを休んでた……。

ところで「清造くん記念日《きねんび》」っていうのは、そうじをしておわりではないんだ。一番大事《だいじ》なのはこれからなんだよ。

帰りの会のとき、ぼくらの担任《たんにん》の井城《いしろ》先生はこう指示《しじ》した。

「みんな。今夜見る夢《ゆめ》を必《かなら》ずメモして、わすれないように。あした、学校へきたら六年生全員発表《ぜんいんはっぴょう》してね」

それが、どういう意味《いみ》かっていうと――。

清造《せいぞう》くんは、いつも図工室にとじこめられてるけど、一年に一度《いちど》くらいはどこかにいきたいと思ってるはず。それが毎年、六年生の見る夢にあらわれるんだって。

去年《きょねん》の六年生は、記念日《きねんび》の夜、全員が「花火」の夢を見たらしい。それって、清造くんが花火を見てみたいっていうことなんだ。

だから、夏のおわり、島の町民《ちょうみん》花火大会の日に「清造くん像《ぞう》」を浜《はま》辺《べ》まで先生の車にのせていって、花火を見せてあげたんだよ。まわりを六年生でグルッとかこんでね。

さあ、今年はどんな場所《ばしょ》にいきたいっていってくるだろう。そもそも全員《ぜんいん》が同じ夢《ゆめ》を見るなんて、ほんとうなのかな。

その夜、ぼくは、この島のてっぺんにある山頂《さんちょう》公園でピクニックする夢を見たよ。ぼくと井城《いしろ》先生と六年生全員と「清造《せいぞう》くん像《ぞう》」がいたんだ。がけの一番先から海を見おろしている清造くんの目がピカーンと光ったので、

「ぎゃぁー」

とさけんで、その自分の声で目がさめたよ。

で、学校にいって、びっくり。やっぱり六年生の七人全員が同じ夢を見ていたんだ。

だから、その週末《しゅうまつ》、山頂公園へみんなでいくことになった。

清造くんは、なんでそこにいきたいんだろう。がけのてっぺんで景《け》

色《しき》はいいけど、あとはベンチと水飲《の》み場と、それから遊歩道《ゆうほどう》くらいしかないのにな。もしかしてこの公園、五十年前にもあったのかな？好《す》きな場所《ばしょ》だったのかな？

山頂《さんちょう》まで、先生が車で「清造《せいぞう》くん像《ぞう》」をはこんだ。女子たちもいっしょ。男子はてっぺんまで歩いた。

で、車から「清造くん像」をつれだして、みんなで、がけの一番先っぽまではこんであげた。下は、急《きゅう》なしゃ面《めん》になってるから、さくがあるんだけど、はば三十センチくらい、とぎれてる場所がある。そこに清造くんをおいてあげた。そしたら、さくにじゃまされることなく、景色《けしき》がたっぷり見られるはずなんだ。

しゃ面には細い遊歩道があって、公園から下の波止場《はとば》までつながっている。あんまり歩く人がいないから、草ぼうぼうで、道は消《き》えかかってるけど。

海は太陽《たいよう》の光をうけて、キラキラ白く光ってる。そのむこうに島がいくつかあって、さらに、その先に長い陸地《りくち》があるよ。

さあ、お弁当《べんとう》を食べよう。ピクニックシートをみんなで手わけして広げよう。

がけからはなれて歩きだそうとした、そのときだった。

「わーっ、ちょ、なんだよ！」

ぼくはさけんでしまった。

とつぜん、「清造《せいぞう》くん像《ぞう》」が消えたんだ。がけから下に落《お》ちてしまったらしい。みんなが、

「どうした？」

って、かけよってくる。

落《お》ちるような場所《ばしょ》じゃなかったし、台座《だいざ》は安定《あんてい》してたし、なのに、なんでだよ。

しゃ面《めん》をのぞきこむのは勇気《ゆうき》がいる。だって、こんな高いところから落ちたんだ。ガツンガツンと岩にぶつかりながら転《ころ》がり落ちたら、いくらじょうぶな銅像《どうぞう》でも手とか足とか頭とか、とれちゃう可能性《かのうせい》……あるだろ？

さくにしっかりつかまりながら、身《み》をのりだして、またさけんでしまった。

「え、えええ？」

想像《そうぞう》してたのと、ちがった。まだ清造《せいぞう》くんはしゃ面をすべりおりてる最中《さいちゅう》だった。そう、「落ちてる」んじゃない、「おりてる」んだ。

ほら、雪山でスノーボードやスキーをやるような感《かん》じだよ。台座《だいざ》をスノーボードがわりに、すいすいって、しゃ面《めん》を右に左に、うまくでこぼこをさけて、すべりおりている。

「あっちの遊歩道《ゆうほどう》からおりてみましょ！　清造《せいぞう》くんに追《お》いつけるかもしれない」

先生はそういって、先頭きってかけおりていく。ぼくら七人も追いかけた。

「清造くん、どうしたんだろ」

そういったぼくに、こたえたのは公一郎《こういちろう》だ。

「きっとにげたんだよ！」

「にげたって、どういうことだよ？」

「おれたちが、しょっちゅうおねがいごとをするから、めんどうになって、にげだそうって思ったんだよ」

「そうかなぁ……」

もしそうだったら、悪《わる》いことしちゃったな。

うねうねと曲《ま》がりくねった遊歩道《ゆうほどう》を、全員《ぜんいん》走って走って走った。とつぜん先頭の先生がとまったから、ぼくらもあわててとまった。

「清造《せいぞう》くん……」

山をほとんどおりたところ、遊歩道のわきに「清造くん像《ぞう》」は立っていた。

そのとなりには、お地蔵《じぞう》さんがいた。赤い前かけをつけていて、やさしそうにニコッとわらっている。高さはちょうど清造くんと同じくらいだ。

清造くんは、そのお地蔵さんのほうをまっすぐ見つめていた。

あれ、前はこんな顔だったかな。口のはしっこが少しあがって、うれしそうにわらってるように見えるんだ。

ぼくはいった。

「清造《せいぞう》くん、友だちがほしかったのかな」

先生がうなずいた。

「そうね。学校に通っているみんなは、六年たつと、つぎつぎと卒業《そつぎょう》していってしまう。清造くんはとりのこされた気分になって、さびしかっ

たのかもね」

そうか。ずっと変《か》わらず、そばにいてくれる仲間《なかま》がほしかったんだな、きっと。

そんなわけで「清造《せいぞう》くん記念日《きねんび》」は今年でおわりになった。下級生《かきゅうせい》たちは、おねがいごとができなくなって、ちょっぴりかわいそうかな。

でも、遊歩道《ゆうほどう》までいけば、いつでも会えるから。

お地蔵《じぞう》さんと清造くんは、仲《なか》よくならんで、きょうもお日さまの光をあびている。

ぼくと死《しに》神《がみ》

加《か》藤《とう》純《じゅん》子《こ》

「『死神《しにがみ》』って落語《らくご》を、おぼえているかい？」

ベッドによこになったまま、おじいちゃんがしんなりした顔でぼくを見た。一か月前、おじいちゃんは玄関先《げんかんさき》で足を骨折《こっせつ》して手術《しゅじゅつ》した。それ以来《いらい》、歩こうとしなくなったんだ。

「どういう落語だっけ？」

「なあんだ、亮介《りょうすけ》はわすれっぽいな。ほら、前に教えただろ、三遊亭《さんゆうてい》圓朝《えんちょう》って、えらい落語家がグリム童話《どうわ》をもとに書いた落語だって」

「ああ、死神が枕《まくら》のところか足のところか、そのどっちにすわってるかって話？」

「そうだそうだ。それだ」

リハビリをしろってパパがいうのに、いうことをきかない。気力がすっかりなくなってしまったようだ。でも、ぼくにはよくしゃべる。

むりやり元気ぶって声をはりあげる。

そんなおじいちゃんの面倒《めんどう》を見ているママを、きょうはパパがデパートにさそいだした。洋服《ようふく》を買《か》ったり、おいしいスイーツでもごちそうしてごきげんをとるのだろう。近ごろよく風邪《かぜ》をひくぼくは、きょうも体調《たいちょう》が悪《わる》い。だからおじいちゃんと留守番《るすばん》だ。怒《おこ》りっぽいママが、これで少しはごきげんになってくれればいいんだけど。

「あの落語《らくご》のように自分の死期《しき》がいつか、わかったら、どんなにいいだろうって思うよ」

「それってさ、病気《びょうき》でねている人の枕《まくら》のところに死神《しにがみ》がすわってたらその人はもうじき死んじゃう。足もとにすわっていたら、もうじき元気になるって話だったよね」

「そろそろ死神にわしの枕《まくら》もとにすわってほしいよ。こうやってねこんでしまってからは、美和子《みわこ》さんにめいわくかけっぱなしだからな」

美和子さんって、ぼくのママの名前だ。

「バカだな。ほら、おじいちゃん、いってただろ。人間には寿命《じゅみょう》があるって。だからズルして死神《しにがみ》をだまそうと思ってもだませないって」

「よくおぼえていたな。ズルをしたあと死神からロウソクをわたされた男は、そのまま死んでしまうのか……。そのオチに落語家《らくごか》たちは命《いのち》をかけてるんだ。圓朝師匠《えんちょうししょう》が書いた話の通りのオチにする落語家もいるが、そこをどう語るかが落語家たちの才能《さいのう》なんだ」

落語の話になると、おじいちゃんはがぜん元気になる。首をもちあげておきあがるようなかっこうをして目をかがやかせる。おじいちゃんの目に生気《せいき》がもどった。やっぱり好《す》きなんだな、落語。

その夜、ねようとしたら、ねっとりするような空気とノドの息苦《いきぐる》しさにおそわれた。せきがひっきりなしにでる。胸《むね》のあたりも苦《くる》しい。

ふとドアのところを見たら、だれかが立っている。白いひげを長くのばし、杖《つえ》をついたおじいさんだ。頭には白い三角のはちまきみたいなものをつけている。

だれだよ！　もしかして死神《しにがみ》？　なんで死神がこんなところにいるんだ。おじいちゃんが落語《らくご》の話なんか

したから?

いやいや、これは夢《ゆめ》だ。ぼくはむりやり、そう思いこもうとした。けれど死神《しにがみ》らしきやつはぼくを見ると、不気味《ぶきみ》な顔でにんまりわらったんだ。背中《せなか》につめたい汗《あせ》がす〜と流《なが》れた。

なんだよ、おじいちゃん、死神なんかよぶなよ。

そいつの口から、不気味な声がきこえてきた。

『アジャラカモクレン　フジサン　テケレッツノパ』

呪文《じゅもん》だ！　これはまちがいなく死神だ。

ところが呪文とともに死神が消《き》えた。

それなのにぼくの背中に何かがはりついているような気がする。おまけに首のあたりが苦《くる》しい。どうやらぼくは死神に首をぎゅうぎゅうしめられているようだ。つめたい手だ。その手をつかもうとしたが、感触《かんしょく》はあるのにつかめない。ぼくは必死《ひっし》に背中《せなか》の死神《しにがみ》をはらい落《お》とそうとした。でも落ちた気がしない。

「落ちろよ！」

じだんだをふんだ。でも背中はふわふわ軽《かる》い。たしかに、そこになにかいるはずなのに。

ぼくは夢中《むちゅう》で自分の背中をたたきつづけた。コツンと杖《つえ》が転《ころ》がる音がした。

「いてて……」

死神がすがたをあらわした。やっぱりあいつだ。転んで、いたそうに足をさすっている。

「なんだ、死神っていったって、ただのおっちょこちょいじゃないか」

「お前が、らんぼうなんじゃ」

杖《つえ》をひろいながら負《ま》けずに死神《しにがみ》が、いいかえしてきた。こんなしょぼい死神に、寿命《じゅみょう》なんか決《き》められてたまるものか。

ぼくは、おじいちゃんの部屋《へや》に走っていった。と、そこで薬《くすり》のゴミと水の入ったコップをお盆《ぼん》にのせて、おじいちゃんの部屋からでてきたママとはちあわせした。

「おじいちゃんが死《し》にたい死にたいって。もういやになっちゃうわ」

ママがげんなりした顔でこっちを見た。

「それから亮介《りょうすけ》、さっき、すっごくせきこんでいたけど、だいじょうぶ？　お薬、飲《の》んだ？」

「うん」

安心《あんしん》したようすでママがいってしまった。

ぼくはそっと、うす暗《ぐら》いおじいちゃんの部屋をのぞいた。なんと、

ねている足もとにさっきの死神《しにがみ》がすましたでちょこんとすわってい
るではないか！

でも、なんでぼくにだけ死神が見えるんだ。

「ああ、亮介《りょうすけ》か」

おじいちゃんがこっちを見た。

「おじいちゃん、ぼく、死神が見えるんだ。いま、おじいちゃんの足
もとにすわっているよ」

「え、なんだって！　死神が見えるって？」

おじいちゃんは、首をのばすと、自分のねている足のあたりを見た。

「そんなもの、いないぞ」

やっぱりおじいちゃんには、見えていないんだ。

「いるんだよ。ほら、いまあくびした」

「いやいや亮介《りょうすけ》。……なになに足もとだって？」

おじいちゃんは枕《まくら》もとの明かりをあわてふためきながらつけた。そして、もう一度《いちど》足もとを見た。

「そろそろ、年貢《ねんぐ》の納《おさ》めどきなんだけどな」

紅潮《こうちょう》した顔だった。それを見て、あんなこといってるけど、ほんとうはおじいちゃん、もっともっと生きたいんだなって、そう思った。

「自分が落語《らくご》で教えてくれたんだろ。寿命《じゅみょう》のこと。おじいちゃんの死神《しにがみ》は足もとにいるんだ。だからおじいちゃんの寿命はまだまだあるんだよ」

おじいちゃんが鼻《はな》をすった。

元気だったころおじいちゃんは、「駅前《えきまえ》までいってくるか」とぼくをさそい、いっしょにショッピングセンターにいった。そば好《ず》きのおじいちゃんは、いつもそば屋《や》に直行する。そしてときどきはぼくの好《す》きなものを買《か》ってくれたりした。

「亮介《りょうすけ》とわしは一心同体《いっしんどうたい》だな。ばあさんがいなくなって、亮介だけがわしの生きるはりあいだ」

　おじいちゃんは目を細めて、いつもそういった。そうなんだ。おじいちゃんとぼくはずっと友だちなんだ。

「だから、おじいちゃん、歩けるようにがんばれってことだよ」

　おじいちゃんが、ポロッと涙《なみだ》をこ

ぼした。

「あしたから、ぼく、つきあってやるからさ」

おじいちゃんの足もとでふたりの話をきいていた死神《しにがみ》が、

「チェ、勝手《かって》にやってろ」

そういって消《き》えた。

その夜。ねていたぼくは、また、せきで目がさめた。その瞬間《しゅんかん》、またなにかの気配《けはい》を感《かん》じた。目をあけると、さっきの死神がぼくの頭の上にすわっている。枕《まくら》もとってやつだ。

ということは、死ぬのはぼくってこと?

とつぜん、首のうしろに冷《つめ》たい氷《こおり》をおしつけられたような気がした。

「いやだ。そんなの、ぜったいにいやだ!」

もがけばもがくほど、せきがひどくなる。息《いき》をすうのさえ、うまくできない。心臓《しんぞう》がこのまま止まってしまいそうだ。

「死《し》にたくない！」

ぼくは大きく息《いき》をすいこんだ。そのとたん少しだけ冷静《れいせい》になった。

こんなやつにぼくの人生を決《き》められてたまるか。

「そうだ！」

ぼくは「死神《しにがみ》」の落語《らくご》のように、足もとに枕《まくら》をおくとベッドの上でひっくりかえった。こうすれば死神は足もとにいることになる。けれどおじいちゃんは自分の寿命《じゅみょう》は自分の力では変《か》えられないといっていた。相手《あいて》は死神だ。ぼくの寿命は、もうこれまでなのかもしれない。

ベッドでさかさまになりながら、目じりから涙《なみだ》が落《お》ちるのを止められなかった。死ぬのはこわい。こわくてこわくてしかたない。ぼくの人生が、もうこれでおしまいだなんて……。

「お前はさっきから、なにをやってる」

死神《しにがみ》がきいた。

「死神が足もとにくるようにさ……」

「わしが足もとにいくと、どうなるんじゃ」

「だから、ぼくは死ななくてすむんだろ」

「そんな作り話に、ふりまわされているのか」

死神がニタッとした。作り話？　たしかに落語《らくご》だし。でもあやしくないか、死神の顔。

やけになってぼくは、ベッドの上で上下に何度《なんど》も何度もひっくりかえった。

いや、まてよ。あの落語ではロウソクの長さで自分の寿命《じゅみょう》がわかるといっていた。ぼくのロウソクはどこだ……。暗闇《くらやみ》に火のついたロウ

ソクが何本も立っている。死神《しにがみ》が一本一本、ロウソクを調《しら》べている。

「おまえが勝手《かって》にぐちゃぐちゃに、自分で自分の寿命《じゅみょう》をいじってしまったからだ！　だからどれがおまえのか、わからなくなってしまったじゃないか！」

死神がヒステリックにさけんだ。

ぼくは動《うご》きすぎてハァハァしながら、ひっくりかえったまま天井《てんじょう》を見あげた。目にうつるものがいつもとちがって見える。まるで地図《ちず》をさかさまに見ているようだ。死神はまだ、ぼくのロウソクを見つけられず、とほうにくれている。

死神なんか、くそ食らえだ。

もしあした、ちゃんと目がさめることができたら、ぼくはおじいちゃんを散歩《さんぽ》につれだすんだ。

同じクラスのあいつ

令《れい》丈《じょう》ヒロ子《こ》

「ひさしぶり！」

「おおー！　ひさしぶり！　うわ、おまえでっかくなってない？」

みんな、つぎつぎにあらわれる、同級生《どうきゅうせい》の顔を見るたびに、歓声《かんせい》をあげた。

きょうは小学校の同窓会《どうそうかい》。高校受験《じゅけん》もおわったこの時期《じき》に、だれがいいだしたのか、小学校であつまろうということになった。

みんな、校門の前で立ったまま、おしゃべりがとまらなかった。それぞれの近きょうをたずねあったり、進路《しんろ》をつたえあったりした。

「ぼくは、聖藍大学付属《せいらんだいがくふぞく》高校に合格《ごうかく》したんだ」

なかなかそういいだせなかった。みんなに「すごい！」とか「あの名門に？　さすが！」などと、はやしたてられるだろうと思うと、てれくさい。

聖藍《せいらん》高校にいき、バスケットボール部《ぶ》に入るのは、ぼくの小学生のころからの夢《ゆめ》だ。

「あたしはけっきょく、聖藍はむりだったなー。あそこの制服《せいふく》にあこがれてたけど」

麻《ま》友《ゆ》が、地元《じもと》の公立高校の名前を、わらっていうのを残念《ざんねん》な気もちできいた。麻友は変《か》わってない。いつもほんわかやさしくて、笑顔《えがお》もかわいい。

「遊《あそ》びにいったらいいいんじゃない？　だれかさんに名門高校の中を案《あん》内《ない》してもらうとかさ」

お調子者《ちょうしもの》のせりなが、麻友をからかう。

麻友は、はずかしそうだったが、うれしそうに、にこにことわらっていた。

（せりな、いいことといったぞ！　さそったら、学校にあそびにきてくれるかも！）

ぼくは、ずっと麻友《まゆ》が好《す》きだった。いままではきっかけがなかったが、そろそろデートにさそうチャンスかもしれない。

「ひさしぶりに校舎《こうしゃ》、見にいこうか」

井沢《いざわ》がいった。いつもクラスのリーダー役《やく》だったから、こんなときでも自然《しぜん》とみんなをとりまとめてくれる。

全員《ぜんいん》ぞろぞろ歩いて、校庭《こうてい》に入り、校舎を見あげた。

「……きれいになったね」

「けっきょく、建《た》てなおしたんだもんな」

「体育館《たいいくかん》は移転《いてん》したんでしょ？」

せりなが、もとは体育館があったほうを指《ゆび》さした。

「……あっち、見にいく？」

井沢《いざわ》がたずねた。みんな一瞬《いっしゅん》だまってしまった。無理《むり》もない。あの日のことは、悲《かな》しい思い出だ。

卒業式《そつぎょうしき》の最中《さいちゅう》だった。

ごりごりっ。

何か大きくてかたいものが、はがれてくる音がした。

巨人《きょじん》の歯《は》ぎしりみたいな、いやな音だ。

「あぶない！」

となりにいたやつの頭上から、バスケットゴールが落《お》ちてくるのを見て、さけんだ。

にげようとして、うつぶせにたおれたのまではおぼえている。

気がついたときには、家にいた。

「何も考えなくていいの。ゆっくりねむるのよ」

お母さんがそういってくれた。

体育館《たいいくかん》があった場所《ばしょ》には、いまは建物《たてもの》はなく、花壇《かだん》になっていた。赤や黄色のチューリップがさきそろって、とてもきれいだ。

花壇のおくに小さな石碑《せきひ》が立っていた。

「……あいつはまだ、ここにいるのかな」

石碑を見ていた井沢《いざわ》が、ぽつっと

いった。

「そんなことないでしょ。きっと天国《てんごく》で、好《す》きなバスケをやってるよ」

せりなにそういわれて、ぼくはどきっとした。あいつ……牧野《まきの》は……バスケが好《す》きだった。聖藍《せいらん》高校のバスケットボール部が強くてカッコいいことを教えてくれたのも牧野だ。

あの日、古いバスケットゴールの下じきになって、亡《な》くなった者《もの》がひとりいた。牧野だった。

体育館《たいいくかん》は立ち入り禁止《きんし》になり、家に卒業証書《そつぎょうしょうしょ》が送《おく》られてきて、中断《ちゅうだん》された卒業式《しき》のやり直しの機会《きかい》もなかった。

ぼくは中学に入ってから、かくだんにレベルの高くなった勉強《べんきょう》、それにクラブ活動《かつどう》との両立《りょうりつ》でいそがしく、卒業式以来《いらい》、きょうまで同じ小学校のだれかと会うこともなかった。

（だからって、牧野《まきの》のことを、思いだしもしなかったなんて……）

ちくんと胸《むね》がいたんだ。

バスケットボールが大好《だいす》きなあいつが、傷《いた》んだバスケットゴールのせいで死んでしまうなんて、ほんとうにひどい話だ。

石の表《おもて》には、亡《な》くなった生徒《せいと》をいたむことばとその名前が、小さな文字で彫《ほ》られている。

麻友《まゆ》を見たら、石碑《せきひ》を見ながら涙《なみだ》を流《なが》していた。

「麻友……、仲《なか》よしだったもんね」

せりながいった。

「……うん、よく遊《あそ》んだし。いっしょに同じ学校にいけたらいいなって思ってたんだよね」

（そうだったのか、麻友、そんなに牧野と仲がよかったのか……知ら

なかった)

そう思ったとき、ぼくはこおりついた。

麻友《まゆ》のすぐうしろに立っているやつの顔が、ふいに目にとびこんできたからだ。

そいつは、牧野《まきの》だった。背《せ》は高くなっているが小学生のときと同じ顔だ。つりあがった細い目で、ほくろもあごにある。

牧野は泣《な》いている麻友をじいっと暗《くら》い目で見つめていた。

ぼくは声がでなかった。ぼく以外《いがい》には牧野《まきの》が見えないらしく、だれもそちらを見ないし、声もあげない。

牧野はジーンズのポケットにつっこんでいた手を、そろそろとあげて、麻友《まゆ》の肩《かた》に手をのばした。

（よせ、麻友にさわるな！）

ぼくがさけびそうになったそのとき、牧野がぼくの顔を見た。はっきりと目が合った。

牧野は、目をみはった。すごくおどろいた顔で、立ちすくんだ。

そして、悲《かな》しそうに、だがどこかはずかしそうに、うっすらわらって手をおろした。

（そうか、牧野も麻友が好《す》きだったんだ！　だから、麻友のうしろにくっついていたんだな）

ぼくは、牧野《まきの》の気もちを思うと、胸《むね》がしめつけられるように苦《くる》しくなった。

（みんな助《たす》かったのに、ひとりだけ死《し》んじまうなんて……、牧野はつらかっただろうな）

牧野のいきたかった高校に合格《ごうかく》し、牧野が目をかがやかせて語っていたバスケ部《ぶ》に入ろうとしているぼく。牧野の好《す》きな女の子をデートにさそおうと思っているぼく。

ぼくのすべてが牧野を苦しめている気がした。

（牧野。ごめんな。どうかゆるしてくれ。そして、早く天国にいってくれ……）

目をとじて、そういのった。

「ごめんな」

顔をあげた。牧野《まきの》がそういった気がしたのだ。

「藤原《ふじわら》、ごめんな、悪《わる》かった」

今度《こんど》は牧野の声がはっきりときこえた。

牧野は、ゆるしてくれといわんばかりにぼくにてのひらを合わせ、頭をさげた。

「牧野！　じゃあ、ぼくの気もちをわかってくれるのか!?」

ぼくは、とうとうさけんでしまった。

「どうしたんだよ。急《きゅう》にへんなことといって」

井沢《いざわ》がきいてきた。

「あ、いや、ええと、その牧野が……」

どう説明《せつめい》しようか困《こま》って、ことばにつまったそのときだった。麻友《まゆ》がはっと顔をあげて、牧野のほうをふりかえった。

「ひょっとして、藤原《ふじわら》くんが見えたの？」

するとまき牧野《まきの》が、こくんとうなずいた。

「ああ、いま、一瞬《いっしゅん》だけど、藤原がそこにいたんだ。すごく悲《かな》しそうな顔で立ってた。おれ、あいつが麻友《まゆ》のこと好《す》きだったの知ってたから……ついあやまってしまったんだ」

すると麻友が、牧野のうでを両手《りょうて》でぎゅっとつかんで、大きな声で泣《な》きだした。

「だいじょうぶよ。麻友が牧野くんとつきあうことになったのも、牧野くんが聖藍《せいらん》に合格《ごうかく》したのも、藤原くんは、きっとよろこんでくれるわよ」

せりなが麻友の背中《せなか》をなでながら、いった。

（さっきから、なにをいってるんだ？）

ぼくはせりなのいったことが、理解《りかい》できなくて、ぼうぜんとしてしまった。それになんでだれも、牧野《まきの》におどろかない？

「……そうだな」

井沢《いざわ》もうなずいた。

「藤原《ふじわら》は、すごくいいやつだった。きょうは天国からおれたちに会いにきてくれたんだろう」

天国から、ぼくが？　みんなに会いにくる？　それじゃ、まるでぼくが死《し》んでるみたいじゃないか。

ぼくは、チューリップをかきわけて石碑《せきひ》の前に立った。

「みんな、ちゃんとここにある名前を見ろよ！　死んだのはぼくじゃなくて……」

指《ゆび》さした石碑《せきひ》には、ぼくの名前が彫《ほ》ってあった。

その瞬間《しゅんかん》、ぼくは思いだした。

あの日、バスケットゴールが落《お》ちてきて、下じきになったのは、牧《まき》野《の》じゃなく、ぼくだった。無傷《むきず》で助《たす》かり、中学で猛勉強《もうべんきょう》して、希望《きぼう》の高校に合格《ごうかく》したのは、牧野だった。

どうして、それが牧野で、ぼくじゃないのか、ずっと信《しん》じられなかった。

あれこそが、ぼくの未来《みらい》のはずだった。ずっと牧野を見ていたぼくは、牧野こそが自分だと、思うようになっていたのだ。

「藤原《ふじわら》くん、どうか、やすらかに……」

麻友《まゆ》が鼻声《はなごえ》でいった。みんなが、石碑《せきひ》の前のぼくにむかって、いっせいに手を合わせた。

（よせ！）

ぼくの体が、しゅうっと、小さくなった。背《せ》が低《ひく》くなり、うでも足もまだ細い、小学生にもどってしまった。死《し》んでしまった、あの日のすがたに。

そしてぼくの体は空気にとけて、自分にも見えなくなってしまった。

ぼくは、ぼくでなくなった。

形のない、何者《なにもの》でもないなにかになり、気がついたら、土や花や雲や空や、みんなの中にまじっていた。

おたまじゃくし食べた

押尾《おしお》きょうこ

給食時間《きゅうしょく》のこと。牛乳《ぎゅうにゅう》を飲《の》んだとき、コーラの味《あじ》がした。のどのおくでシュワシュワと、炭酸《たんさん》がはじける。びっくりした大和《やまと》は、もっていた紙パックを見た。

『生乳《せいにゅう》一〇〇％《パーセント》』

四年生になればわかる。牛乳のマークだ。

前にも、にたようなことがあった。

あのとき飲んだのは、ナマぐさい川の水とおたまじゃくし、だった。

思いだして背中《せなか》がぶるるとふるえる。

あれはまだ夏休み中のことだ。地区《ちく》の子ども会の遠足で、近所《きんじょ》の川原へ遊《あそ》びにいった。

学校の遠足とはちがって、ジュースやおやつが食べ放題《ほうだい》だったから、大和は何ばいもコーラをおかわりしていた。そのうち紙コップがふたつになって、両手《りょうて》にコーラをもったまま川原を歩きはじめた。

川ぞいには、本流《ほんりゅう》からはなれた水たまりがいくつもあった。小魚や小エビ、おたまじゃくしたちが群《む》れをつくっている。その中に、うずまきもようのあるおたまじゃくしを見つけた。大和《やまと》はちょうど飲《の》みおえたひとつ目の紙コップで、おたまじゃくしを水ごとすくった。

いたずらするつもりなんてなかった。友だちに見せたら、すぐにもとのところに帰すつもりだった。

「おーい」

友だちをよぶ。あっちはあっちで、なにか発見《はっけん》したみたいで、大和を手まねきしていた。しかたないから歩きはじめて、まだのこっているコーラを飲んだ。

口の中にナマぐさいにおいがひろがる。

こっちの紙コップは、さっきの川の水のほうだったと気づいたときには、もう飲《の》みこんだあとだった。

おたまじゃくしは、のこっていなかった。

口をあけてゲーゲー声をだしてみたけれど、もうなにもでてこなかった。

あのあと、あわてて飲んだコーラの味《あじ》はおぼえていない。何度《なんど》もおかわりをして、とうとう係《かかり》のおばさんに怒《おこ》られたっけ。だけど、だれにも

その理由《りゆう》はいえなかった。

思いだしたとたん、給食《きゅうしょく》はもう食べたくない気分になっていた。

つぎの日だ。

朝ごはんのおみそ汁《しる》が、コーラ味《あじ》だった。

「うわっ」

大和《やまと》の声に、父ちゃんがこっちを見る。

「まったく。あわてるくらいなら、あと十分早くおきればいいのになぁ」

「そんなんじゃない」

わらってる父ちゃんをにらんだ。なにかがおかしい。

その日の夜、大和は夢《ゆめ》を見た。

うずまきもようのおたまじゃくしが泳《およ》いでいる。しっぽを動《うご》かすたびに、小さなあわがあがってゆく。黒くてむらさき色の水、シュワシュワとあわがはじけた。コーラの水たまりの中だった。

おたまじゃくしが、からだをひねる。すると、ぴょこん、にょきっと、足がはえた。おたまじゃくしが一回転《いっかいてん》した。背中《せなか》のうずまきもようもぐるりとまわった。

小さなあわが、シュワシュワ――

そこで目がさめた。

『グルル』

おきたとたん、おなかが鳴った。

『グウー、グル』

また鳴った。大和《やまと》は自分のおなかに手をあてた。なにかがくるりとまわったような、おかしな感触《かんしょく》がつたわってきた。

「うそっ」

夢《ゆめ》の中のおたまじゃくしが頭にうかぶ。

まさか、あのときのおたまじゃくしが生きているはずがない。それも、ずっとおなかの中に住《す》んでるなんて、あるはずない。

夢のとおりなら、もうすぐあいつはカエルになる。

「どうしよう」

『グル、グル』

おなかの音まで、変《へん》なふうにきこえる。おなかの中でカエルを飼《か》うなんて、ぜったいにイヤだ。

ねむい目をこすってだした結論《けつろん》はこうだ。

『たくさん食べて、たくさんだす!』

もう、これしかない。このままじゃイヤだ。それから大和《やまと》の作戦《さくせん》がスタートした。

朝ごはん。パンのときは、食パンをもう一まいふやして食べた。給《きゅう》食《しょく》の時間。きらいな献立《こんだて》のときも、がんばって食べた。たまにコーラ味《あじ》になっていたから、なんとかなった。夕ごはん。おかわりをする大和《やまと》を見て、父ちゃんがまたわらった。

「食欲《しょくよく》の秋だな。いいぞ、もりもり食べて大きくなれ」

「うん。もりもり食べて、もりもりだすんだ」

「ぶはっ」

大和の返事《へんじ》に父ちゃんがふきだした。

「よし。男の子は、それくらい元気じゃないとな」

いいながら大和の頭をなでてくれた。なんだか作戦《さくせん》が成功《せいこう》しそうな気がして、うれしかった。それなのに。

「おい大和、ヨダレ、でてる」

そう友だちにいわれたのは、つぎの日の朝のことだった。

秋の高い空をトンボがとんでいた。茶色いトンボを見ていたら……。

（カリカリしてて、おいしそうだな）

そう思ったとたん、口の中がつばだらけになった。学校でもおかしなことがおきた。

きょうの体育《たいいく》はとび箱《ばこ》だ。ものすごく苦手《にがて》で、三段《さんだん》までしかとべたことがない。けれどきょうの大和《やまと》ときたら、三段どころか、四段、五段と、

おもしろいようにとんでいる。からだが勝手《かって》に動《うご》いている感《かん》じだ。

「すごいぞ、大和《やまと》。特訓《とっくん》したのか」

「来週は、とび箱《ばこ》のテストだもんな」

みんながいう。大和もびっくりだった。五段もとぶなんて、はじめてだ。

「とぶのって、気もちいいんだね」

うれしいけれど、ちょっと気になる。頭の中には、カエルがジャンプしている絵がうかんでいたからだった。

日曜日の朝、大和は父ちゃんにきいてみた。

「カエルがきらいなものって、なんだろう」

「カエル？　そりゃ、ヘビさ。三すくみだな」

「三すくみ？」

「ああ。ヘビとカエル、ナメクジさ」

ヘビはカエルをひと飲《の》みにする。ヘビに食べられるカエルだけれど、ナメクジなら舌《した》でとって食べる。そのナメクジは、からだのネバネバの毒《どく》でヘビをとかしてしまう。だから、この三びきがいっしょにいるとき、カエルがナメクジを食べてしまうと、そのあと自分がヘビに食われてしまうから、ナメクジを食べられない。ヘビとナメクジも同じだ。そのため三びきとも動《うご》けない。それが「三すくみ」というらしい。

「だからカエルの弱点はヘビなんだね」

「そうさ」

大和《やまと》は自分の部屋《へや》にもどった。すぐにおなかのシャツをめくる。そこに黒い太字の油性《ゆせい》ペンで、大きなヘビの絵をかいた。

「大好物《だいこうぶつ》のカエルだぞ」

ヘビはおへその上で、大きな口をあけていた。

お昼は家族《かぞく》で公園にいった。天気がいいから、母ちゃんがお弁当《べんとう》をつくってくれた。レジャーマットをしいて、さあ、これから食べようとしたとき、急《きゅう》にからだが動《うご》かなくなってきた。

「大和《やまと》、どうした」

「あら、すごい汗《あせ》じゃない」

父ちゃんと母ちゃんが心配《しんぱい》そうに顔をよせる。なんだか手足が重《おも》い。

大和はレジャーマットによこになった。母ちゃんが大和の頭を植《う》え木《き》の下に入れて、日かげにしてくれた。

「まってろ、すぐに帰るからな」

「日曜日にみてくれる診療所《しんりょうじょ》って、どこだったかしらね」

きこえてくる声も、だんだん遠くなるような気がしてきた。大和はもう、目もあけていられないくらいに、力がぬけている。ゆっくりと目をとじようとしたときだ。

頭の上にかぶさっている植《う》え木《き》の葉《は》っぱの下が、キラリと光った。あれは。

「ナメクジ？」

思ったとたんに、口があいた。ジュワッと、ヨダレがながれる。そして、

「げふっ!!」

大きなゲップがでた。いっしょにコーラ色のカエルが、口からとびだした。そいつは、葉《は》っぱにむかってとんで、そのまま消《き》えてしまった。

「うっ」

ゲップがあまりにも大きかったから、おなかがくの字に曲《ま》がった。さっきまで重《おも》たかった手足が自由に動《うご》く。ねころんだまま右手をのばして、葉っぱの裏《うら》のナメクジをつついてみた。もうヨダレはでてこなかった。

『グウ――』

大和《やまと》のおなかが鳴る。このまえの夜みたいな、カエルの音じゃない。

「おなかがすいた」

びっくりしたのは父ちゃんたちだ。母ちゃんはまだ心配《しんぱい》そうな顔をしていたけれど、大和がおにぎりにかじりついたのを見て、ちょっと安心《あんしん》したみたいだった。

「でも、帰りに診療所《しんりょうじょ》はいくわよ」

母ちゃんがいった。

そのあと大和《やまと》のおなかの絵を見たお医者《いしゃ》さんがびっくりしたのは、父ちゃんと母ちゃんのわらい話になった。レントゲンもとった。大和のからだは、なんともなかった。一番よくわかっているのは、大和だったから、いっしょにわらった。

つぎの月曜日は、とび箱《ばこ》のテストだった。みんなが注目《ちゅうもく》するなか、大和がとべたのは三段《さんだん》まで。先生はがっかりしていたけれど、大和はうれしかった。体操着《たいそうぎ》の上から、おなかをさする。

もうカエルはいない。

もうおやつやジュースをよくばらない。飲《の》みながら歩かない。

魔《ま》界《かい》階《かい》段《だん》

小《お》川《がわ》英《ひで》子《こ》

いつも工事中《こうじちゅう》なんだ、ぼくらの使《つか》うターミナル駅《えき》は。天井《てんじょう》からゆかまで銀色《ぎんいろ》のシートがかかっていたり、さくでかこったり、通行禁止《つうこうきんし》のところもやたらにある。

のり入れしている私鉄《してつ》がいくつもあって、のりおりする人が多いから、昼間は工事ができないそうだ。終電《しゅうでん》と始発《しはつ》の間のわずかな時間に作業《さぎょう》するから、いつまでも工事がおわらないっていてきいた。

真夜中《まよなか》だけの工事って……。

だからあのうわさがでてきたんだろう。さいしょにきいたのは塾《じゅく》だ。

それから学校でもひろまった。

駅のどこかにあるという恐《おそ》ろしい階段《かいだん》――魔界《まかい》階段。

きょうもぼくら――ぼくとユズくん――は、この駅で電車をおりた。

いっしょに塾にいくんだ。ところがいつも使う階段がロープで閉鎖《へいさ》されていた。

「うへっ」とユズくんはへんな声をあげる。

「また工事《こうじ》かよ」

「永遠《えいえん》に工事中だね」

じょうだんいいながら、ぼくらはホームを歩いてべつの階段《かいだん》から中《ちゅう》央通路《おうつうろ》におりた。

すると階段の下で「ママ、ママ」と泣《な》いている小さな女の子に出会った。夕方の大人《おとな》たちは知らん顔をして通りすぎていく。

ぼくも通りすぎようとしたけれど、ユズくんはしゃがんで話しかけた。そういうところはユズくんはえらい。

だけどなにをきいても「ママ、ママ」しかいわない。しょうがないから、その子と手をつなぎ、駅員《えきいん》をさがした。

うろうろするけど見つからない。

「そうだ」とユズくんが指《ゆび》を鳴らした。

「改札口《かいさつぐち》だ。駅員《えきいん》さんはかならずそこにいる」

あせっているとそんなかんたんなことも思いうかばない。やっと改札口を見つけ、女の子をあずけることができた。

IC《アイシー》カードをぺたんとおしつけて、その自動《じどう》改札をでた。

そして、まよった。

地下街《ちかがい》は似《に》たようなお店がならん

でいる。出口をさがして何度《なんど》も同じところをいったりきたりした。いつもとちがう改札口《かいさつぐち》をでたから、方向感覚《ほうこうかんかく》がおかしくなったみたいだ。

それに、ふたりでいるからまよう。ユズくんが「こっちだ」という方向にいったら、残念《ざんねん》でした、いき止まり。いつの間にか、ぼくらのでたい出口と反対《はんたい》方向の地下街《ちかがい》にいる。なんでだよ。

もどろうとしたとき、せまい通りのおくに、のぼりのエスカレーターが見えた。

「あそこをあがろう」とぼくは指《ゆび》さした。

「一度《いちど》地上にでたほうがわかるよ」

それに、もうつかれて歩きたくない。

「そうだな」とユズくんもうなずいた。

ぼくが先に立ってのった。できたばかりの新しいエスカレーターだ。

トンネルみたいなアーチ型《がた》の強化《きょうか》プラスチックでつつまれている。黒みがかったふかい藍色《あいいろ》で、ちりばめられた星がまたたいていた。まるでほんものの夜空を切りとって、ここにはりつけたみたいだ。

ぼくらのすぐ前にはヘッドホンを耳にかけたお兄さんが立っている。その前はいくつかあいていて、デパートの紙ぶくろをさげたおばさんや背広《せびろ》を着《き》たサラリーマン風のおじさんが立っている。その先は人がならんでいて、みんな、右がわをあけていた。

黒いてすりにつかまって、天井《てんじょう》の星々を見ながら、ぼくはだまって運《はこ》ばれていた。トンネルの中をずっとエスカレーターはつづいている。ふりかえっても入り口はもう見えなくなった。からだをのりだしたけれど、先は見えない。どこへでるんだろう……。

急《きゅう》につんつんと、ユズくんにつつかれた。

「なあ、あの子、おかしなことをいってなかったか」

「え、おかしなことって？」

へんに小さな声でユズくんはいう。

「ママが消《き》えた、って」

息《いき》をのんだ。まさか……。

「ママしかいわなかったよ」

考えもせずに、ぼくはそう答えていた。

するとユズくんは笑顔《えがお》になった。ほっとしたように、

「そうだよな。おれ、ききまちがえたんだ」

かえってぼくは心配《しんぱい》になった。あの子のことばをそんなにちゃんと
きいてなかった。か細い声で泣《な》いてばかりいたし。

魔界階段《まかいかいだん》が頭にうかぶ。

手をつないでおりてくるあの子とお母さん。

一段《だん》、また一段……一番下の段にさけ目が走る。大きな口となる……なにも知らないお母さんが足をおろすと……ぞっとした。

たぶんユズくんも同じようなことを思いうかべていたんだ。

「ほんとにあるのかな、魔界階段《まかいかいだん》」

とささやく。

この駅《えき》のどこかに、妖怪《ようかい》の作った階段があるという。魔界に通じていて、もどってこられなくなるといううわさだ。

ぼくはうなずいた。

「おりていくといつのまにか魔界に落《お》ちてるって、きいたよ」

階段にのぼりもくだりもないけど、魔界階段は、くだりだけだともきいた。

「おれは妖怪《ようかい》につかまって食べられるってきいた。地下牢《ちかろう》だっていうやつもいる。がちゃん、がちゃんと鉄格子《てつごうし》がおりて、鉄板《てっぱん》の天井《てんじょう》でふさがれて、暗闇《くらやみ》の中にとじこめられるんだ」

「わっ、そんなのやだ」

思わず大声がでた。前のお兄さんがふりむいてぼくを見る。あわてて下をむいた。

「これ、長いな」

とユズくんがつぶやく。

そういえば、ゆき先をたしかめないでのった。

こんなに長いエスカレーターがあるんだろうか。なんだか暗くなっている。またたく星が少なくなって、闇がせまっている……。

ふいにユズくんはぼくの頭ごしに、前のお兄さんに話しかけた。

「このエスカレーター、どこにいきますか」

「上だろ」とそっけない答え。

「上のどこですか。こんなに長くのっているのに着《つ》かないのはおかしいですよね」

疑問《ぎもん》をもつときかないでいられないのがユズくんだけど、しつこいのでぼくははずかしくなった。お兄さんはヘッドホンをはずすと、

「うーん、そういやぁ、そうだが……でもまだ一曲《きょく》おわっていないよ」

えっ……。ぼくらは顔を見あわせた。

そしたらお兄さんはわらった。ぼくらのとまどったようすがおかしかったみたいだ。ぼくの肩《かた》をたたいて、

「どこにいくか、たしかめてやるよ」

あいている右がわにでると、お兄さんは早足で上へ上へと歩いて

いった。するとそれにつられるようにおばさんも背広《せびろ》のおじさんも、みんなぞろぞろのぼりだした。

ぼくらの前から人がいなくなった。

急《きゅう》にしーんとして、空気が冷《つめ》たくなる。

「……エスカレーターも階段《かいだん》だよね」

ユズくんがなにをいおうとしているか、わかった。だけどわかりたくなかった。

「魔界《まかい》階段は、くだりだけだ」

ぼくは怒《おこ》ったようにいった。

「これはのぼりだからちがう」とつづけようとして、つづけられなかった。目を見ひらいたまま、ユズくんが下を指《ゆび》さしている。

おどろきのあまり、ぼくも声がでない。

エスカレーターは闇《やみ》の中からせりあがっていた。トンネルのむこうは真《ま》っ暗《くら》闇だ。

「魔界階段《まかいかいだん》――」

血の気がひいて、思わず上へにげようとした。そのぼくの手をユズくんはひっぱる。

「上じゃない」

えっ。

「にげるなら下だ。急《いそ》げ」

ぼくの手をつかんだまま、ユズくんは闇にむかって走りだした。

とたんに、エスカレーターのスピードがあがった。まるで、にがさないぞというように。

つんのめるようにかけおりながら、なにかさけび声がしたのでふりかえった。あのお兄さんが、必死《ひっし》の形相《ぎょうそう》で「にげろ！」とさけびながら走ってくる。そのうしろからさっきのおじさんやおばさん――その背後《はいご》から黒いけむりのようなものがもくもくとわき起《お》こり、つぎつぎにみんなを飲《の》みこみながら、追《お》いかけてくる。

必死《ひっし》でかけおりた。走っても走っても上にひっぱられる。エスカレーターはぼくらをたぐりよせようとしているみたいだ。

星はみな消《き》えた。あたりは闇《やみ》だ。

背中《せなか》に風がふきつけてくる、生ぐさい獣《けもの》のにおいと炎《ほのお》のこげくさいにおいのまじった風が。

走れ、走れ、魔界《まかい》に追《お》いつかれる、走れ。

エスカレーターのスピードが増《ま》す。

背中《せなか》に黒いけむりがせまってくる。けむりの中から毛むくじゃらの太い腕《うで》がのびてきた。そのとがった爪《つめ》に頭をつかまれる。

もうだめだ――ぼくは腕《うで》をふってユズくんの手をはなした――

とがった爪が頭に食いこむ。そのいたさに、ぼくは気を失《うしな》った。


病院《びょういん》のベッドで目をさました。

エスカレーターが故障《こしょう》して事故《じこ》になったそうだ。でも頭のけがだけでぼくは助《たす》かったし、ほかの人も軽傷《けいしょう》だった。

魔界階段《かいだん》のことを親に話したら、「パニックになって幻覚《げんかく》でも見たんでしょ」といわれた。

ユズくんは無事《ぶじ》だった。

お見舞《みま》いにきてくれたとき、どうして下ににげればいいってわかったのかときいたら、

「魔界階段《まかいかいだん》は、おりた先に魔界があるだろ。のぼりのエスカレーターだから、のぼった先に魔界があるはずだと思ったんだ」

そして、ぼくの目を見てきいた。

「どうしておれの手をはなしてくれたのさ」

「だれかひとりでも、魔界から脱出《だっしゅつ》できれば、みんな助《たす》かるかもしれないって思ったんだ」

ぼくの願《ねが》った通り、ユズくんは走りに走り、走りぬいて、エスカレーターの先端《せんたん》にたどりついた。ゆかに足が着《つ》いたとき、闇《やみ》は晴れ、エスカレーターは止まったといった。

だから、みんな、魔界階段《まかいかいだん》には気をつけてくれ。

だから手をつないで

山《やま》本《もと》悦《えつ》子《こ》

これは、お母さんの妹のなつみおばちゃんからきいたお話です。

なんだろう。わたしは、目をこらしました。

少し前から気づいていました。歩道のすみ。ポストの少し前に何かがはえているのです。

木？　でも、形が変《へん》です。近くまでいって、息《いき》をのみました。

手です。

アスファルトの道に、手がはえているのです。手首の少し下あたりから、どう見ても「はえている」としかいいようのないかっこうで、にょきっと手がでているのです。

マネキンの手？　でも、はだの感《かん》じが、つくりものっぽくありません。

「どうしたの？　なっちゃん」

ふりかえると、同じクラスのみほちゃんが、不思議《ふしぎ》そうにわたしを見ています。みほちゃんとは四年になってからなかよくなり、通学とちゅうに会うといっしょに学校にいっていました。

わたしは手を指《ゆび》さし、あせっていいました。

「これ、だれかうめられてるってことだよね。警察《けいさつ》よばなくちゃ」

「はぁ？」

みほちゃんは、気のぬけた返事《へんじ》をしました。

「なに？　どれのこと？」

「ほら、これだよ」

なんで、これが目に入らないの！　わたしは、じだんだをふみました。

「どれのこと？」

いいながら、みほちゃんは一歩足をふみだしました。その足が、手のま上にのります。

「ひえっ！」

思わず声がでました。

「なに？」

みほちゃんは、わたしの声におどろいています。

「へ、平気《へいき》なの？　それ、ふんで」

「だから、なんのこと？」

みほちゃんが足をどかすと、手はゆっくりとおきあがり、もとの形にもどりました。

「まさか、アリをふんだとかいわないよね？」

みほちゃんは、口をとがらせました。

見えていない？

わたしたちのよこを、五、六人の一年生がすぎていきます。でも、だれも手には気づいていないようです。そのあとからきた男の子たちも、平気で手の上を通りすぎていきます。

「もう、先にいっちゃうよ」

みほちゃんは、わたしをせかしました。

「う、うん」

みほちゃんといっしょに歩きだしながら、わたしはふりかえりました。

手は、やっぱりあります。

なんだろう、あれ……。

学校についてからも、手のことが頭をはなれません。

もしかしたら、何かを見まちがえたのだろうか。草とか木の根《ね》とか。はじめに「手だ」と思ってしまったために、手に見えてしまっているのかもしれない。こわいけれど、勇気《ゆうき》をだして、しっかり見なおしてみよう。

帰り道に、もう一度《いちど》見にいきました。

朝と同じところに、それははえています。近くまでいって、かがんで見てみました。でも、どう見てもやっぱり「手」です。はだの色は茶色っぽくて、ぱっと見、木にも見えるけれど、あきらかにちがいます。指《ゆび》も五本あるし、つめもついています。右手です。

わたしが手をのぞいているよこを、何人もの子が変《へん》な顔をして通りすぎていきます。

「なに見てんの？」

と、声をかけてくる子もいました。だれの目にも見えてないようなのです。

なんで、わたしだけが見えるんだろう。わたし、なにかした？

でも、思いあたることはありません。世《よ》の中《なか》にはゆうれいが見える人もいるらしいけれど、わたしは全然《ぜんぜん》そんなタイプではありません。

第一《だいいち》、これはゆうれいなのでしょうか。手だけのゆうれいなんて、きいたことがありません。しかも朝から消《き》えもせず、ずっとそこにはえているのです。

頭の中をつぎつぎといろんな思いがかけめぐります。で、決《き》めました。

見なかったことにしよう。

みんなと同じで気づかなかったことにすればいい。手ははえているだけで、動《うご》きもしないし、追《お》いかけてもこない。だいじょうぶ。

わたしは、手からできるだけ距離《きょり》をとって通りすぎました。

あしたになったら、なくなっていますように。

でも、そんなねがいもむなしく、つぎの朝も手はありました。やっぱりだれも見えないみたいで、みんな、平気《へいき》でふみつけていきます。

わたしは、さすがにふむことはできません。とにかく、できるだけはなれたところをかけぬけました。いっしゅん、手が追《お》いかけてくるかと思いましたが、手はぴくりともしませんでした。

だれの手なんだろう？　なんであそこにはえているんだろう。

見なかったふり、気づかなかったふりをすることにしたのに、気がつくと手のことばかり考えていました。気になって気になってしょうがないのです。

午後《ごご》から雨がふりだしました。朝、お母さんから、「カサもっていきなさいよ」と声をかけられていたので、カサはもっていました。

帰り道、ひとりで手の前にいきました。手は、しずかに雨にうたれています。天にむけたてのひらには、水がたまっています。

季節《きせつ》は、秋のおわり。ぽつんと雨にうたれている手は、とても冷《つめ》たそうに見えました。

わたしは、カサを手にさしかけました。

「さむくない？」

近くで見ると、手は思いのほか小さいのです。自分の手とくらべても、むこうのほうが小さいくらいです。

子どもの手？

「なんで、ここにいるの？」

手は何もこたえません。

わたしは、手のよこにカサを立てかけて、走って帰りました。

つぎの日の朝、いつもよりはやく家をでました。手にさしかけたカサは、どこかにとんでいってしまったようで、なくなっていました。

わたしは、手の前にしゃがみこみました。手は、助《たす》けを求《もと》めているようにも見えます。

手をつないで。

そんな声がきこえるような気がしました。

そっと指先《ゆびさき》にふれてみました。指は思ったほどかたくはありませんでした。思いきって手をすべりこませてみました。それから、あく手をするように、キュッとにぎってみました。

そのとたん、頭の中に、見たこともない風景《ふうけい》がうかびました。こい緑《みどり》の葉《は》の森にかこまれた草原。目の前をはだしの子どもたちがかけぬけていきます。その背中《せなか》を追《お》いかけて走りだしたしゅんかん、ものすごい衝撃《しょうげき》が体をおそいました。

どうして？

頭の中に声がひびきました。

どうしてこんな目にあうの？　ただ、この国に生まれてきたという

だけで、何も悪《わる》いことはしていないのに。なぜ、わたしたちは、苦《くる》しまなくちゃいけないの。自由《じゆう》にかけまわりたい。わらってくらしたい。死《し》にたくない！　だれか、だれか助《たす》けて！

気がついたら、わたしは涙《なみだ》を流《なが》していました。涙は、にぎった手をつたい、手首に流れ、アスファルトにしみこんでいきました。同時に、手はうっすらと消《き》えはじめ、やがて見えなくなりました。

それ以来《いらい》、手を見ることはありませんでした。

あの手の正体《しょうたい》がなんだったのか、手をにぎったとき頭にうかんだ光《こう》景《けい》と声はなんだったのか、わからずじまいでした。

それから十年以上《いじょう》がすぎ、わたしは大人《おとな》になりました。何気なくつけたテレビ番組に、内戦《ないせん》のつづく国からきたわかい女性《じょせい》がでていました。平和《へいわ》をうったえる活動《かつどう》をしているのだそうです。彼女《かのじょ》は十さいのとき、地面《じめん》にばらまかれた「地雷《じらい》」という爆弾《ばくだん》で、右手と右足をなくしていました。話をきいていると、わたしと同じ年れいだということがわかりました。自分と同じ年で、そんな体験《たいけん》をしている人がいるんだと知って、胸《むね》がいたみました。同時に、自分はそんな危険《きけん》な国に生まれなくてよかった。正直《しょうじき》、そう思いました。

でも、そのあとにつづく話をきいて、雷《かみなり》にうたれたようなショックをうけたのです。

「今回なぜ日本へ」

と司会《しかい》の女性《じょせい》にきかれて、彼女《かのじょ》は、こんな話をしたのです。

「地雷に手足をふきとばされたあと、わたしは何日も生死《せいし》のさかいをさまよっていました。そのときに、夢《ゆめ》を見たのです。箱形《はこがた》のカバンをしょった子どもたちが、楽しそうに学校に通う夢です。その中に同い年くらいの女の子がいました。彼女《かのじょ》は、地雷《じらい》にとばされたはずのわたしの手をにぎって、涙《なみだ》を流《なが》してくれたのです。その手にひきとめられるようにして、わたしは命《いのち》をとりとめました。それから何年もして、あの箱《はこ》形《がた》のカバンを身《み》につけて、学校に通う国がほんとうにあることを知りました。それが日本《にほん》だったのです」

「ふしぎな夢《ゆめ》ですね」

司会者《しかいしゃ》の女性《じょせい》のことばに、彼女はうなずきました。

「わたしの手をにぎってくれた女の子は、ほかの子から、なっちゃんとよばれていました。わたしは、なっちゃんに会いにきたのです」

「そのあと、彼女《かのじょ》に会ってわかったのだけど、彼女とわたしの誕生日《たんじょうび》は、同じ日だったの。もしかしたら、同じ時刻《じこく》に生まれたのかもしれない」

同じ時に同じ地球《ちきゅう》という星に生まれた彼女は、もうひとりのわたしだったのかもしれない。だから、あんなに気になったのかもしれないと、なつみおばちゃんはいいました。

なつみおばちゃんは、いま、世界《せかい》から地雷《じらい》をなくす活動《かつどう》をしています。

著《ちょ》者《しゃ》紹《しょう》介《かい》

乗松葉子（のりまつ・ようこ）
東京都在住。日本児童文学者協会とポプラ社の共同企画、中級向け創作作品の公募「新・童話の海」第6回入選の『お昼の放送の時間です』（ポプラ社）にてデビュー。

二宮由紀子（にのみや・ゆきこ）
兵庫県在住。「ハリネズミのプルプル」シリーズ（文溪堂）、『ものすごくおおきなプリンのうえで』『へちまのへーたろー』（以上、教育画劇）など、作品多数。

濱野京子（はまの・きょうこ）
東京都在住。『トーキョー・クロスロード』（ポプラ社）、『空はなに色』（そうえん社）、『アカシア書店営業中！』（あかね書房）など、作品多数。

岡田貴久子（おかだ・きくこ）
神奈川県在住。『あなたの夢におじゃまします』（ポプラ社）、「宇宙スパイウサギ大作戦」シリーズ（理論社）、「バーバー・ルーナのお客さま」シリーズ（偕成社）など、作品多数。

吉野万理子（よしの・まりこ）
神奈川県在住。『オレさすらいの転校生』（理論社）、『いい人ランキング』（あすなろ書房）、「チーム」シリーズ（学習研究社）など、作品多数。

加藤純子（かとう・じゅんこ）
東京都在住。『初恋クレイジーパズル』、『母と娘が親友になれた日』（以上、ポプラ社）、「勾玉伝説」シリーズ（岩崎書店）など、作品多数。

令丈ヒロ子（れいじょう・ひろこ）
大阪府在住。「若おかみは小学生！」シリーズ（講談社）、「ブラック・ダイヤモンド」シリーズ（岩崎書店）、『あたしの、ボケのお姫様。』（ポプラ社）など、作品多数。

押尾きょうこ（おしお・きょうこ）
神奈川県在住。日本児童文学者協会創立70周年記念共同企画の公募に応募。全５１１作品のなかから『おたまじゃくし食べた』が入選。

小川英子（おがわ・ひでこ）
神奈川県在住。日本児童文学者協会創立70周年記念共同企画の公募に応募。全５１１作品のなかから『魔界階段』が入選。

山本悦子（やまもと・えつこ）
愛知県在住。『先生、しゅくだいわすれました』「ポケネコにゃんころりん」シリーズ（以上、童心社）、「テディベア探偵」シリーズ（ポプラ社）など、作品多数。

（作品掲載順）

編《へん》

日本児童文学者協会(にほんじどうぶんがくしゃきょうかい)

児童文学の作家、詩人、翻訳家、評論家などが所属する団体。2016年、創立から70周年を迎えた。児童書についての講座、雑誌の発行、作品募集などの活動を行っている。本書「あなたのとなりにある不思議」シリーズ全5巻では、協会に所属する田部智子先生、藤真知子先生、最上一平先生が編集にあたる。

絵 (掲載初出順)

アカツキウォーカー

東京都在住。『ぼくのドッペルゲンガー』『ぼくと死神』『魔界階段』を担当。

細川貂々(ほそかわ・てんてん)

兵庫県在住。『音楽室のカスタネット』『うしろの正面、コンタマン』『おたまじゃくし食べた』を担当。

柴田純与(しばた・すみよ)

千葉県在住。『からくり時計の広場』『同じクラスのあいつ』を担当。

タカタカヲリ

東京都在住。『清造くん記念日』『だから手をつないで』を担当。

あなたのとなりにある不《ふ》思《し》議《ぎ》　びくびく編《へん》

発　　行　2017年1月　第1刷

編　　者　日本児童文学者協会
発 行 者　長谷川 均
編　　集　後藤正夫　安倍まり子　潮 紗也子
デザイン　楢原直子
発 行 所　株式会社ポプラ社
〒160-8565　東京都新宿区大京町 22-1
振替　00140-3-149271
電話　（編集）03-3357-2216　（営業）03-3357-2212
インターネットホームページ http://www.poplar.co.jp
印刷・製本　共同印刷株式会社

Printed in Japan　N.D.C.913 ／ 187 P ／ 18cm ／ ISBN978-4-591-15300-0